I0630460

Y^2

331

GALATÉE,

ROMAN PASTORAL;

IMITÉ

DE CERVANTES

PAR M. DE FLORIAN,

DE L'ACADÉMIE FRANÇOISE, &c.

ÉDITION ornée de Figures en couleur, d'après les Dessins de M. MONSIAU.

A PARIS,

Chez DEFER DE MAISONNEUVE, rue du Foin S. Jacques.

1793.

VIE

DE CERVANTES.

VIE

DE CERVANTES.

MICHEL DE CERVÀNTES SAAVEDRA, dont les écrits ont illustré l'Espagne, amusé l'Europe, et corrigé son siècle, vécut pauvre, malheureux, et mourut presque oublié. On ignoroit encore, il y a peu d'années, quel étoit le véritable lieu de sa naissance: Madrid, Séville, Lucene, Alcala, se sont disputé cet honneur. Cervantes, ainsi qu'Homere, Camoens, et beaucoup d'autres grands hommes, trouva plusieurs patries après sa mort, et manqua du nécessaire pendant sa vie.

L'académie espagnole, sous la protection de son Souverain, vient de rendre, à la mémoire de Cervantes, l'hommage que l'Espagne lui devoit depuis trop long-tems: elle a publié une magnifique édition du *Don Quichotte*. Il semble qu'on ait cru que tout ce luxe typographique pouvoit réparer les torts de la nation envers l'auteur. Sa vie est à la tête, écrite, d'après les recherches les plus exactes, par un académicien distingué. Je suivrai cette autorité pour tout ce qui regarde les faits, me permettant de parler des ouvrages de Cervantes selon le sentiment qu'ils m'ont inspiré.

Cervantes étoit gentilhomme, fils de Rodrigue de Cervantes et de Léonor de Cortinas. Il naquit à Alcala de Hénarès, ville de la nouvelle Castille, le 9 octobre 1547, sous le règne de Charles Quint.

Dès son enfance il aima les livres. Il fit ses études à Madrid sous un célèbre professeur, dont il surpassa bientôt les plus habiles écoliers. La grande science de ce tems-là étoit le latin et la théologie : les parents de Cervantes en vouloient faire un ecclésiastique ou un médecin , seules professions utiles en Espagne ; mais il eut encore ce trait de commun avec plusieurs poètes célèbres , de faire des vers malgré ses parents,

Une élégie sur la mort de la reine Isabelle de Valois, plusieurs sonnets, un petit poëme appellé *Filene*, furent ses premiers essais. Le peu d'accueil qu'on fit à ces ouvrages lui parut une injustice : il quitta l'Espagne, et alla se fixer à Rome, où la misère le força d'être valet de chambre du cardinal Aquaviva.

Dégoûté bientôt d'un emploi si peu digne de lui, Cervantes se fit soldat, et combattit avec beaucoup de valeur à la fameuse bataille de Lépante, gagnée par Don Juan d'Autriche en 1571 : il y reçut à la main gauche un coup d'arquebuse dont il fut estropié toute sa vie. Cette blessure lui valut pour récompense d'être mis à l'hôpital à Messine,

Sorti de cet hôpital, le métier de soldat invalide lui
parut préférable à celui de poète méprisé. Il alla s'enrôler
de nouveau dans la garnison de Naples, et demeura trois
ans dans cette ville. Comme il repassoit en Espagne sur
une galére de Philippe II, il fut pris, et conduit à Alger
par Arnaute Mami, le plus redouté des corsaires.

La fortune, qui épuisoit ses rigueurs sur le malheureux
Cervantes, ne put lasser son courage. Esclave d'un maître
cruel, sûr de mourir dans les tourments s'il osoit faire
la moindre tentative pour se remettre en liberté, il con-
certa sa fuite avec quatorze captifs espagnols. On convint
de racheter un d'entre eux qui retourneroit dans sa patrie,
et reviendroit avec une barque enlever les autres pendant
la nuit. L'exécution de ce projet n'étoit pas facile ; il
falloit d'abord amasser la rançon d'un prisonnier, ensuite
s'échapper tous de chez leurs différents maîtres, et pouvoir
rester rassemblés, sans être découverts, jusqu'au moment
où la barque viendroit les prendre.

Tant de difficultés paroissoient insurmontables : l'amour
de la liberté vint à bout de tout. Un captif navarrois,
employé par son maître à cultiver un grand jardin sur le
bord de la mer, se chargea d'y creuser, dans l'endroit le
plus caché, un souterrain capable de contenir les quinze
Espagnols. Le Navarrois mit deux ans à cet ouvrage. Pendant ce tems on gagna, soit par des aumônes, soit à

force de travail, la rançon d'un Maïorquin nommé Viane, dont on étoit sûr, et qui connoissoit parfaitement toute la côte de Barbarie. L'argent prêt, et le souterrain achevé, il fallut encore six mois pour que tout le monde pût s'y rendre : alors Viane se racheta, et partit après avoir juré de revenir dans peu de tems.

Cervantes avoit été l'ame de l'entreprise ; ce fut lui qui s'exposa toutes les nuits pour aller chercher des vivres à ses compagnons. Dès que le jour paroissoit, il rentroit dans le souterrain avec la provision de la journée. Le jardinier, qui n'étoit pas obligé de se cacher, avoit sans cesse les yeux sur la mer, pour découvrir si la barque ne venoit point.

Viane tint parole. Arrivé à Maïorque, il va trouver le vice-roi, lui expose sa commission, et lui demande de l'aider dans son entreprise. Le vice-roi lui donne un brigantin : Viane, le cœur rempli d'espoir, vole à la délivrance de ses frères.

Il arriva sur la côte d'Alger le 28 septembre de cette même année 1577, un mois après en être parti. Viane avoit bien observé les lieux ; il les reconnut quoiqu'il fît nuit : il dirige son petit bâtiment vers le jardin où on l'attendoit avec tant d'impatience. Le jardinier, qui étoit en sentinelle, l'apperçoit, et court avertir les treize Espagnols. Tous leurs maux sont oubliés à cette heureuse nouvelle ;

nouvelle; ils s'embrassent, ils se pressent de sortir du souterrain, ils regardent avec des larmes de joie la barque du libérateur : mais, hélas! comme la proue touchoit la terre, plusieurs Maures passent et reconnoissent les Chrétiens; ils crient aux armes : Viane tremblant reprend le large, gagne la haute mer, disparoît; et les malheureux captifs, retombés dans les fers, vont pleurer au fond du souterrain.

Cervantes les ranima : il leur fit espérer, il se flatta lui-même que Viane reviendroit ; mais on ne vit plus reparoître Viane. Le chagrin et l'humidité de leur demeure étroite et mal-saine causèrent d'affreuses maladies à plusieurs de ces malheureux. Cervantes ne pouvoit plus suffire à nourrir les uns, à soigner les autres, à les encourager tous.

Il se fit aider par un de ses compagnons, et le chargea d'aller chercher des vivres à sa place. Celui qu'il choisit étoit un traître : il va trouver le roi d'Alger, se fait musulman, et conduit lui-même au souterrain une troupe de soldats qui enchaînent les treize Espagnols.

Traînés devant le roi, ce prince leur promit la vie s'ils vouloient déclarer quel étoit l'auteur de l'entreprise. C'est moi, lui dit Cervantes : sauve mes frères, et fais-moi mourir. Le roi respecta son intrépidité ; il le rendit à son maître Arnaute Mami, qui ne voulut pas faire périr un

B

si brave homme. Le malheureux jardinier navarrois, qui
avoit fait le souterrain, fut pendu par un pied, jusqu'à
ce que le sang l'eût étouffé.

Cervantes, trompé par la fortune, trahi par son ami,
rendu à ses premiers fers, n'en devint que plus ardent à
les briser. Quatre fois il échoua, et fut sur le point d'être
empalé. Sa dernière tentative étoit de faire révolter tous
les esclaves, d'attaquer Alger, et de s'en rendre maître.
On découvrit la conspiration, et Cervantes ne fut pas mis
à mort: tant il est vrai que le véritable courage en impose
même aux barbares.

Il est vraisemblable que Cervantes a voulu parler de
lui-même dans la Nouvelle de l'*Esclave*, une des plus
intéressantes de *Don Quichotte*, lorsqu'il dit que « le
» cruel Azan, roi d'Alger, ne fut clément que pour un
» soldat espagnol, nommé Saavedra, qui s'exposa souvent
» aux plus affreux supplices, et forma des entreprises qui
» de long-tems ne seront oubliées des infidèles. »

Cependant le roi d'Alger voulut être maître d'un captif
si redoutable: il acheta Cervantes d'Arnaute Mami, et le
resserra étroitement. Peu de tems après, ce prince, obligé
d'aller à Constantinople, fit demander en Espagne la rançon
de son prisonnier. La mère de Cervantes, Léonor de Cortinas, veuve et pauvre, vendit tout ce qui lui restoit, et

courut à Madrid porter trois cents ducats aux Pères de la Trinité, chargés de la rédemption des captifs.

Cet argent, qui faisoit tout le bien de la veuve, étoit loin de suffire ; le roi Azan vouloit cinq cents écus d'or. Les Trinitaires, touchés de compassion, complétèrent la somme ; et Cervantes fut racheté le 19 septembre 1580, après un esclavage de cinq ans.

De retour en Espagne, dégoûté de la vie militaire, et résolu de se livrer entièrement aux lettres, il se retira près de sa mère avec la douce espérance de la nourrir de son travail. Cervantes avoit alors trente-trois ans. Il débuta par *Galatée*, dont il ne donna que les six premiers livres, et qu'il n'a jamais achevée. Cet ouvrage réussit assez bien. La même année il épousa Dona Catherine de Palacios : elle étoit fille de bonne maison, mais pauvre ; et ce mariage ne l'enrichit pas. Pour soutenir son ménage, Cervantes fit des comédies : il assure qu'elles eurent beaucoup de succès. Mais bientôt il quitta le théâtre pour un petit emploi qu'il obtint à Séville, où il alla s'établir. C'est là qu'il a fait celles de ses *Nouvelles*, où il dépeint si bien les vices de cette grande ville.

Cervantes avoit près de cinquante ans, lorsqu'il fut obligé de faire un voyage dans la Manche. Les habitans d'un petit village, nommé l'Argamazille, prirent querelle

avec lui, le traînèrent en prison, et l'y laissèrent long-
tems. Ce fut là qu'il commença *Don Quichotte*. Il crut se
venger de ceux qui l'insultoient, en faisant de leur pays
la patrie de son héros : il affecta cependant de ne pas nommer une seule fois, dans son roman, le village où on
l'avoit si mal traité.

Il ne donna d'abord que la première partie de *Don
Quichotte*, qui ne réussit point. Cervantes connoissoit les
hommes : il publia une petite brochure appellée le *Serpen-
teau*. Cet ouvrage, qu'il seroit impossible de retrouver
aujourd'hui, même en Espagne, sembloit être une critique
de *Don Quichotte*, et couvroit de ridicule ses détracteurs.
Tout le monde lut cette satire, et *Don Quichotte* obtint
par cette bagatelle la réputation que depuis il n'a due qu'à
lui-même.

Alors tous les ennemis du bon goût se déchaînèrent
contre Cervantes : critiques, satires, calomnies, tout fut
mis en œuvre. Plus malheureux par son succès qu'il ne
l'avoit jamais été par ses disgraces, il n'osa rien donner
au public de plusieurs années. Son silence augmenta sa
misère, sans appaiser l'envie. Heureusement le comte de
Lemos et le cardinal de Tolede lui accordèrent quelques
secours. Cette protection, que Cervantes a tant fait valoir,
lui fut continuée jusqu'à sa mort : mais elle ne fut jamais
proportionnée ni au mérite du protégé, ni aux richesses
des protecteurs.

Cervantes, impatient de marquer sa reconnoissance au comte de Lemos, lui dédia ses *Nouvelles*, qui parurent huit ans après la première partie de *Don Quichotte*. L'année suivante il donna son *Voyage au Parnasse*. Mais ces ouvrages lui valurent peu d'argent, et les secours du comte de Lemos furent toujours bien foibles, puisque Cervantes, pour avoir du pain, fut obligé d'imprimer huit comédies que les comédiens refusèrent de jouer.

Il sembloit destiné à tous les malheurs et à toutes les humiliations. Cette même année un Aragonois, qui prit le nom d'Avellaneda, fit une suite de *Don Quichotte*, suite pitoyable, sans goût, sans gaieté, sans esprit, mais dans laquelle il disoit beaucoup d'injures à Cervantes. Cette espèce de mérite fit lire l'ouvrage. Cervantes y répondit comme l'on devroit répondre à toutes les satires : il publia la seconde partie de *Don Quichotte*, supérieure encore à la première. Tout le monde convint de son mérite : mais plus on étoit forcé de lui rendre justice, moins on étoit fâché qu'un rival, même méprisable, insultât celui qu'il falloit admirer. L'Espagne n'est peut-être pas le seul pays du monde où la malignité, si sévère pour les bons ouvrages, est toujours indulgente pour leurs détracteurs. Tant que Cervantes vécut on lut Avellaneda ; dès qu'il fut mort, son ennemi fut oublié.

La seconde partie de *Don Quichotte* fut le dernier ouvrage imprimé pendant sa vie. Il travailloit encore au roman de *Persiles et Sigismonde*, lorsqu'il fut attaqué de la maladie dont il mourut : c'étoit une hydropisie. Il sentit bien qu'il ne pouvoit guérir ; et craignant de n'avoir pas le tems de finir son ouvrage, il augmenta son mal par un travail forcé. Bientôt il fut à l'extrémité. Tranquille et serein au lit de la mort, comme il avoit été patient dans ses malheurs, sa constance et sa philosophie ne se démentirent pas un moment. Quatre jours avant d'expirer il se fit apporter son roman de *Persiles*, et traça d'une main foible l'épître dédicatoire adressée au comte de Lemos, qui arrivoit en ce moment d'Italie. Cette épître mérite d'être rapportée : la voici.

A Don Pedro Fernandès de Castro,

comte de Lemos, etc.

« Nous avons une vieille romance espagnole qui ne me » va que trop bien ; celle qui commence par ces mots :

    » La mort me presse de partir,
    » Et je veux pourtant vous écrire, etc.

» Voilà précisément l'état où je suis. Ils m'ont donné hier » l'extrême onction ; je me meurs, et je suis bien fâché » de ne pouvoir pas vous dire combien votre arrivée en » Espagne me cause de plaisir. La joie que j'en ai auroit » dû me sauver la vie ; mais la volonté de Dieu soit faite ! » Votre excellence saura du moins que ma reconnoissance » a duré autant que mes jours. J'ai bien du regret de ne

» pouvoir pas finir certains ouvrages que je vous destinois,
» comme les *Semaines du Jardin*, le *grand Bernard*, et
» les derniers livres de *Galatée*, pour laquelle je sais que
» vous avez de l'amitié : mais il faudroit pour cela un
» miracle du Tout-puissant, et je ne lui demande que
» d'avoir soin de votre excellence.

 » A Madrid, ce 19 avril 1616.

    » MICHEL DE CERVANTES. »

Il mourut le 23 du même mois, âgé de soixante-huit
ans et six mois. Le même jour Shakespear mourut à
Stratford, dans le comté de Warwick.

L'homme qui s'est conduit chez les Algériens comme
nous l'avons vu, qui a fait *Don Quichotte*, et qui écrit
en mourant la lettre que l'on vient de lire, n'étoit pas un
homme ordinaire.

DES OUVRAGES
DE CERVANTES.

Les premières poésies de Cervantes ne sont pas très-connues, et ne méritent guères de l'être. Ses sonnets, ses élégies, se ressentent trop du goût de son tems. Son plus bel ouvrage, celui qui a fait sa réputation, c'est le roman de *Don Quichotte*.

La raison, la gaieté, la fine ironie, répandues dans cet ouvrage, l'extrême vérité des portraits, la pureté, le naturel du style, ont rendu ce livre immortel. Je sais qu'il ne plaît pas également à tous les lecteurs françois qui ne le lisent pas en espagnol : c'est la faute de la seule traduction que nous en ayons; elle est trop loin de l'élégance, de la finesse de l'original. Il semble que le traducteur ait regardé *Don Quichotte* comme un roman ordinaire, dont le seul mérite étoit d'être plaisant. Il a rendu le mot espagnol par le mot françois qu'il trouvoit dans le dictionnaire, sans comparer, sans choisir : il a oublié que, sur-tout dans le comique, aucun mot n'a de synonyme, qu'un seul est le bon, que tout autre est mauvais.

La manière dont il a traduit les morceaux de poésie,

C

qui sont en grand nombre dans *Don Quichotte*, feroit penser que les vers espagnols sont ridicules. Cependant ils sont presque tous agréables, peut-être un peu trop recherchés : mais Cervantes écrivoit pour sa nation, dont le goût ne ressemble pas au nôtre ; et son traducteur, qui écrivoit pour nous, pouvoit, en conservant les pensées de Cervantes, affoiblir quelques comparaisons, adoucir quelques images, et sur-tout donner de la douceur et de l'harmonie à ses vers. Il paroît n'avoir songé qu'à être littéral, et c'est encore un défaut pour des François. Presque tous les livres étrangers nous paroissent trop prolixes : *Don Quichotte* même a des longueurs et des traits de mauvais goût qu'il falloit retrancher, sans craindre le reproche de n'être pas exact. Quand on traduit un ouvrage d'agrément, la traduction la plus agréable est à coup sûr la plus fidèle.

Malgré tous ces défauts, l'ouvrage est si bon par lui-même, les épisodes si intéressants, les aventures si comiques, que tout le monde le connoît, tout le monde le relit ; nos tapisseries, nos tableaux, nos estampes, nous offrent par-tout *Don Quichotte ;* et il n'est point d'enfant qui ne rie en reconnoissant Sancho Pança.

Les *Nouvelles* de *Cervantes* ne valent pas *Don Quichotte* à beaucoup près. Il en a fait douze ; et quatre seulement sont dignes de lui : le *Curieux impertinent*, qu'il a inséré dans *Don Quichotte ; Rinconet et Cortadille*,

tableau grotesque , mais vrai , des frippons de Séville ;
la Force du Sang , la plus intéressante , la mieux conduite de toutes ; et le *Dialogue des deux Chiens.* Cette
dernière est une critique charmante , pleine de philosophie et de gaieté : les mœurs espagnoles y sont peintes
avec tout le naturel et tout l'esprit de Cervantes. On nous
a donné , il y a quelques années , une traduction françoise
de ces douze *Nouvelles* ; mais il faut les lire dans l'original.

Le *Voyage au Parnasse* est un ouvrage en vers , divisé
par chapitres. Cervantes feint qu'Apollon , menacé par des
légions de mauvais poètes , envoie Mercure en Espagne
rassembler tous ses favoris pour les conduire à la défense
du Parnasse. Mercure vient trouver Cervantes , et lui
montre la liste de ceux qu'Apollon appelle , et de ceux
qu'il faudra combattre. On sent combien cette fiction peut
prêter à un homme d'esprit que des sots ont outragé. Cet
ouvrage n'est pas très-agréable , et ne peut être piquant
pour nous ; je n'en connois point de traduction , non plus
que de ses comédies.

Elles sont au nombre de huit , et Cervantes dit dans
son prologue qu'il en a fait vingt ou trente. Cette incertitude paroîtra singulière à ceux qui savent combien une
comédie est difficile à faire. Quoi qu'il en soit , celles qui
nous restent diminuent nos regrets sur celles qui sont per-
dues. Je les ai toutes lues avec attention , aucune n'est

C 2

supportable : point d'intérêt, point de conduite, souvent de l'esprit, toujours de l'invraisemblance ; voilà le fonds de toutes ces pièces. Dans celle qui s'appelle *l'Heureux Rufien*, le héros, après avoir été, au premier acte, le plus coquin de Séville, se fait Jacobin au Mexique dans le second acte : il est l'exemple du couvent. Il a de fréquents combats sur le théâtre avec le diable, et demeure toujours vainqueur. Appellé pour exhorter au lit de la mort une dame du pays, dont la vie a été fort déréglée, le père Crux (c'est ainsi qu'il s'appelle) la presse en vain de se confesser ; la malade s'y refuse ; elle se croit trop coupable pour espérer son pardon : alors le père Crux, qui veut la sauver de l'impénitence finale, lui propose de se charger de ses péchés, et de lui donner ses mérites. Le troc se fait, le marché se signe, la mourante se confesse, les anges viennent recevoir son ame ; les diables s'emparent du Jacobin, qui voit tout son corps couvert d'un ulcère épouvantable. Au troisième acte, il meurt, et fait des miracles. Voilà une des comédies de l'auteur de *Don Quichotte*, et c'est peut-être la meilleure.

Nous avons encore de Cervantes huit petites pièces, que les Espagnols appellent *Entremeses* : ces ouvrages valent mieux que ses comédies. Presque tous ont du comique et du naturel ; quelques-uns sont trop libres, mais deux surtout sont charmants : l'un, appellé *la Cave de Salamanque*, est précisément notre *Soldat Magicien* ; on a calqué l'opéra-comique françois sur l'ouvrage espagnol : l'autre, nommé le *Tableau merveilleux*, a fourni à Piron l'idée d'un opéra en vaudevilles, le *Faux Prodige*, beaucoup moins joli que la petite pièce de Cervantes.

Persiles et Sigismonde, dont nous avons deux traductions assez peu fidèles, est un long roman chargé d'épisodes et d'aventures presque toujours incroyables. Il semble que Cervantes ait voulu imiter ces ánciens romans grecs, estimés encore, et admirés autrefois. Mais toute son imagination, qui n'a jamais peut-être autant brillé que dans *Persiles*, ne peut rendre ses héros intéressants : leurs courses inutiles, leurs dangers invraisemblables, le mélange continuel de dévotion et d'amour, ont empêché ce livre d'atteindre à la réputation de son auteur. Cependant l'élégance du style, la vérité de quelques tableaux, et l'épisode de Ruperte, suffiroient pour le rendre précieux.

Il me reste à parler de *Galatée*, qui fut son premier ouvrage. Dans le tems qu'il l'écrivit, l'Espagne étoit la nation du monde la plus galante : l'amour faisoit l'unique occupation des Espagnols, et le sujet de tous leurs livres. Montemayor, célèbre poète, venoit de donner un roman de *Diane*, que l'on a traduit en françois. Cet ouvrage eut un grand succès, et le méritoit à quelques égards : un style pur, beaucoup d'esprit, de la douceur, du sentiment, une poésie souvent enchanteresse, et la naïveté touchante qui règne sur-tout dans la *Nouvelle du Maure Abindarraès*, rachetent aux yeux des connoisseurs le fonds d'invraisemblance, les histoires de magie et le manque d'action que l'on reproche à la *Diane* de Montemayor.

Cervantes, qui connoissoit tous ces défauts, comme on peut le voir dans l'*Examen de la Bibliothèque de Don Quichotte*, en évita quelques-uns dans *Galatée*, mais ne les évita pas tous. Ses aventures sont plus naturelles, ses personnages plus intéressants; mais son style, et sur-tout ses vers, le mettent au-dessous de Montemayor. Gâté par le malheureux goût de scholastique qui régnoit alors, Cervantes fait disserter ses bergers comme s'ils étoient sur les bancs. Ils prononcent de longs traités pour ou contre l'amour; ils y citent Minos, Ixion, Marc Antoine, Rodrigue, tous les héros de la fable et de l'histoire : si Tircis veut consoler son ami de ce qu'il ne peut rien obtenir de sa bergère, il lui parle ainsi (1): « on dit par-tout que Ga- » latée est encore plus belle qu'elle n'est cruelle; mais on » ajoute que sur toutes choses elle est spirituelle. Or, si

(1) *Mas fama tiene Galatea de hermosa que de cruel; pero sobre todo se dice que es discreta; y si esto es la verdad, como lo deve ser, de su discrecion nace el conocerse, y de conocerse estimarse, y de estimarse no querer perderse, y de no querer perderse viene el no querer contentarte.* Galatea, *lib.* II, *pag.* 68.

» c'est la vérité, comme cela doit l'être, il s'ensuit de son
» esprit, qu'elle doit se connoître elle-même; de cette
» connoissance, qu'elle doit s'estimer; de cette estime,
» qu'elle ne veut pas se perdre; et de cette volonté, qu'elle
» ne veut pas céder à tes desirs. »

Dans un autre endroit, un amant éloigné de sa maîtresse, dit en vers (1): « Quoique je paroisse voir, entendre
» et sentir, je ne suis qu'un fantôme formé par l'amour,
» et soutenu par la seule espérance. »

Dans tout l'ouvrage, le soleil n'éclaire le monde qu'avec
la lumière qu'il reçoit des yeux de Galatée (2).

En voilà bien assez pour donner une idée du mauvais
goût qui régnoit alors, et auquel Cervantes lui-même n'a
pas échappé. Mais au milieu de toutes ces folies on trouve
des idées charmantes, du sentiment vrai, bien exprimé,
des situations attachantes, les mouvements et les combats
du cœur. Voilà ce qui m'a fait choisir la *Galatée* de Cervantes pour en donner une imitation. Jusqu'à présent

(1) *Y aunque muestro que veo, oigo, y siento,*
Fantasma soi por el amor formada,
Que con sola esperanza me sustento.

(2) *Ante la luz de unos serenos ojos*
Que al sol dan luz con que da luz al suelo.

personne ne l'a traduite; et ce roman est absolument inconnu aux François.

Comme il est très-possible que mon travail ne réussisse
point, je dois, pour la gloire de Cervantes, convenir ici
de tous les changements que j'ai faits à son ouvrage. *Galatée*, dans l'original, a six livres, et n'est point achevé:
j'ai réduit ces six livres à trois, et je l'ai finie dans un
quatrième. Presque nulle part je n'ai traduit; les vers sur-
tout ne ressemblent à l'espagnol que dans les endroits cités.
Je n'ai pris que le fonds des aventures, j'y ai même changé
des circonstances quand je l'ai cru nécessaire: j'ai ajouté
des scènes entières, comme le troc des houlettes dans le
premier livre; la fête champêtre et l'histoire des tourterelles
dans le second; les adieux au chien d'Élicio dans le troisième: le quatrième en entier est de mon invention,

On me reprochera, sans doute, le trop grand nombre
d'épisodes, et le peu d'événements qui arrivent à Galatée:
dans Cervantes il y a deux fois plus d'épisodes, et Galatée
paroît beaucoup moins. Montemayor a fait la même faute
dans sa *Diane*, qui n'est proprement qu'un recueil d'histoires différentes. Tel étoit le goût du siècle; tels ont été
nos grands romans françois, si long-tems à la mode, et
dont les auteurs avoient pris les Espagnols pour modèles.
Quant aux batailles, aux duels, qu'on sera peut-être étonné
de trouver dans un ouvrage pastoral, c'est un tribut que

Cervantes

Cervantes payoit à sa nation. Je ne connois point de roman, point de comédie espagnole sans combats. Ce peuple, un des plus vaillants de l'Europe, et sans contredit le plus passionné, a besoin, pour qu'un livre l'amuse, d'y trouver des récits de guerre et d'amour. D'ailleurs, on doit pardonner à Cervantes, qui avoit eu lui-même des aventures extraordinaires, d'avoir imaginé qu'elles seroient vraisemblables dans un roman.

Je n'ai plus qu'un mot à dire sur le jugement que j'ai osé porter de tous les ouvrages de Cervantes. Malgré l'étude particulière que j'ai faite de sa langue, je ne m'en serois pas rapporté uniquement à moi : mais j'ai été guidé par les lumières d'un Espagnol (1) qui aime les lettres autant que sa patrie, et qui a de commun avec Cervantes d'être encore plus célèbre par ses talents que par ses malheurs.

(1) *M. le comte de Pilos.*

D

GALATÉE,
ROMAN PASTORAL.

GALATÉE,

LIVRE I.

Avant que le soleil ait éclairé nos plaines,
　　Je fais retentir les échos,
Je fatigue les bois, les prés et les fontaines
　　Du triste récit de mes maux :
Mais les échos, les bois, les prés et les ruisseaux,
　　Ne peuvent soulager mes peines.

Sur les gazons fleuris, à l'ombrage des chênes,
　　Je ne trouve plus le repos ;
Je gémis, le ramier joint ses plaintes aux miennes.
　　Mes larmes troublent les ruisseaux :
Mais les ruisseaux, les prés, les bois et les échos,
　　Ne peuvent soulager mes peines (1).

Telles étoient les plaintes d'Elicio, berger des rives du
Tage. La nature l'avoit comblé de ses dons ; mais la fortune et l'amour ne l'avoient pas traité comme la nature.
Depuis long-tems il aimoit Galatée, sans pouvoir encore
se flatter d'en être aimé. Galatée étoit une simple bergère

(1) *Y assi un pequeño alivio al dolor mio*
　　No hallo en monte, en llano, en prado, en rio.

du même village qu'Elicio; mais elle eût été la reine du monde, si le monde s'étoit donné à la plus belle et à la plus sage.

C'est de Galatée et d'Élicio que je vais raconter les aventures; j'y joindrai celles de plusieurs amants que l'Amour voulut éprouver: je décrirai les mœurs du village. Vous, qui n'êtes heureux qu'aux champs; vous, ames sensibles, pour qui l'aspect d'une campagne riante, le bruit d'une source d'eau vive, sont des plaisirs presque aussi touchants que celui de faire une bonne action, puissiez-vous trouver quelque douceur à me lire!

DE tous les bergers qui aimèrent Galatée, Élicio fut le plus tendre et le moins hardi. Son respect n'étoit pas la seule raison de sa timidité: Mœris, père de Galatée, étoit le plus riche laboureur du canton; Élicio n'avoit pour tout bien qu'une cabane et quelques chevres.

Érastre, son rival, étoit moins pauvre, sans être plus heureux. Érastre, jusqu'alors le plus insensible des pâtres, n'avoit pu résister aux charmes de Galatée; mais il ne se flattoit pas de lui plaire: trop simple pour être aimable, il savoit mieux sentir que s'exprimer; la nature, en le formant, s'étoit contentée de lui donner un bon cœur.

Un jour qu'Élicio, dans un vallon solitaire, songeoit à celle qu'il aimoit, il vit venir Érastre, précédé de son troupeau dont il laissoit la conduite à ses chiens. Ces bons animaux sembloient deviner que leur maître étoit trop amoureux pour s'occuper de ses brebis ; ils tournoient autour d'elles, pressoient les paresseuses, ramenoient celles qui s'écartoient, et faisoient à la fois leur devoir et celui du berger.

Dès qu'Érastre fut près d'Élicio, J'espère, lui dit-il, que vous n'êtes pas fâché de ce que j'aime Galatée; vous savez qu'il est impossible de ne pas l'aimer : oui, je consens que mes agneaux, au moment où je les sevrerai, ne trouvent dans les prairies que des herbes venimeuses, s'il n'est pas vrai que mille fois j'ai tenté d'oublier mon amour. J'ai consulté tous les médecins du pays, aucun n'a pu me guérir, et je viens vous demander la permission de mourir avec mon mal. Vous ne risquez rien en me l'accordant : puisque vous, qui êtes le plus aimable des bergers, vous ne pouvez attendrir Galatée, que craignez-vous d'un pâtre comme moi?

Élicio sourit à ce discours : Mon ami, lui dit-il, je n'ai pas le droit d'être jaloux; tes chagrins sont les miens, ils doivent nous rendre chers l'un à l'autre. Dès ce moment ne nous quittons plus; nous parlerons de Galatée, et l'amitié soulagera sans doute les peines que nous cause l'amour.

Les deux rivaux, devenus amis, alloient accorder leurs musettes, quand Galatée avec son troupeau parut sur la colline. Un simple corset, un jupon d'étoffe commune composoient toute sa parure; sa taille seule rendoit cet habit charmant : ses longs cheveux blonds flottoient sur ses épaules ; un chapeau de paille garantissoit son visage de l'ardeur du soleil. Simple comme la fleur des champs, elle étoit belle, et ne le savoit pas.

Élicio s'avance pour lui parler; mais les chiens de Galatée, qui ne laissoient approcher personne du troupeau, courent en grondant sur le berger. A peine l'ont-ils reconnu, que, honteux de leur méprise, ils baissent le cou, le flattent de leurs queues, et vont cacher leurs têtes sous ses mains caressantes. Le belier conducteur, qu'Élicio avoit souvent nourri de son pain, l'apperçoit et vient à lui la tête haute, en agitant sa sonnette : toutes les brebis le suivent. Élicio leur ouvre sa panetière, il distribue aux chiens et au troupeau tout ce qu'elle contenoit ; des larmes de joie coulent de ses yeux : et la bergère, embarrassée de voir ses moutons reconnoître si bien son amant, se hâte d'arriver au belier, le frappe de sa houlette, en rougissant, et le force de s'éloigner d'Élicio.

Le berger lui reprocha ce mouvement de colère : Pourquoi, dit-il, punir vos brebis, quand c'est moi que vous voulez punir? Ces pâturages sont les meilleurs du canton; vous pouvez, en me fuyant, laisser ici vos agneaux, j'oublierai mes chevres pour en avoir soin. Si cette faveur vous semble trop grande, choisissez l'endroit où vous voulez passer la
journée

journée , je m'en éloignerai pour qu'il vous soit plus
agréable. Élicio, répondit Galatée, ce n'est pas pour vous
fuir que je détourne mes moutons; je les mène au ruisseau des Palmiers , où je dois trouver ma chère Florise.
Je suis reconnoissante de vos offres ; je vous le prouve
en dissipant vos soupçons. Elle parloit encore et conti-
nuoit son chemin : Érastre lui cria de loin: Puisses-tu
devenir amoureuse de quelqu'un qui te traite comme tu
nous traites ! puisse-tu.... Il en auroit dit davantage si
Galatée, en s'éloignant toujours , ne s'étoit mise à chanter.
L'amant le plus en colère aime encore mieux écouter sa
maîtresse , que de lui dire des injures : Érastre se tut ;
Galatée chanta ces paroles :

Les soins de mon troupeau m'occupent toute entière ,
C'est de mes seuls agneaux que dépend mon bonheur ;
Quand j'ai trouvé pour eux une fontaine claire ,
  S'ils sont contents, rien ne manque à mon cœur.

Je dors toute la nuit ; quand l'aube va paroître ,
Sans crainte et sans desir je vois venir le jour :
Ce doux repos m'est cher ; je ne veux point connoître
  Ce vieux enfant que l'on appelle Amour.

Que les loups et l'Amour soient loin de ma retraite.
Trop heureuses brebis, un chien sûr vous défend:
Pour me défendre, hélas ! je n'ai qu'une houlette ;
  Mais c'est assez pour combattre un enfant.

E

En achevant sa chanson, Galatée étoit arrivée au ruisseau des Palmiers. Florise l'attendoit, Florise, sa meilleure
amie, la confidente de ses plus secrettes pensées. Elles
s'assirent au bord de l'eau, et s'amusoient à cueillir des
fleurs, lorsqu'elles apperçurent une bergère qui leur étoit
inconnue. Cette étrangère, jeune et belle, paroissoit ac-
cablée d'un chagrin profond. De tems en tems elle s'arrê-
toit, soupiroit, et regardoit le ciel avec des yeux mouillés
de larmes. Trop occupée de ses malheurs pour appercevoir
Galatée, elle s'approcha du ruisseau, prit de l'eau dans sa
main, et lava ses yeux fatigués de pleurer. Hélas! dit-elle,
il n'y a point d'eau qui puisse éteindre le feu dont je suis
consumée.

Galatée et Florise coururent vers l'étrangère : Si le ciel,
lui dirent-elles, est aussi touché de vos pleurs que nous
le sommes, bientôt vous n'aurez plus sujet d'en répandre.
Nous plaignons vos malheurs sans les connoître : souvent
on les soulage en les racontant ; mais nous n'osons vous
demander un récit qui peut coûter à votre cœur. Ce récit,
répondit l'inconnue, me privera peut-être de l'amitié que
vous semblez me promettre. Quand vous saurez que l'a-
mour a causé mes maux, puis-je espérer que vous les
plaindrez encore? Les bergères, après l'avoir rassurée, la
conduisirent dans un bosquet écarté ; elles s'assirent à
l'ombre, et l'étrangère commença son histoire.

Mon village est sur les rives de l'Hénarès, célèbre par

la fraîcheur de son onde : mon pere est laboureur ; les travaux champêtres occupoient seuls ma vie : tous les matins je menois paître mes brebis. Seule au milieu des bois, la solitude ne m'ennuyoit point ; j'écoutois les oiseaux, je chantois avec eux ; je cueillois la rose vermeille, le lis sans tache, l'œillet bigarré ; un bouquet rendoit heureuse ma journée : je n'aimois rien que mes agneaux ; je ne cherchois dans la campagne que des fleurs et de l'ombre.

Combien de fois me suis-je moquée des larmes et des soupirs de quelques bergères qui me confioient leurs amours ! Je me souviens qu'un jour la jeune Lidie vint se jetter à mon cou, et me baigna de ses pleurs. Alarmée de son désespoir, j'essuie ses yeux en l'embrassant ; je lui demande avec tendresse quel affreux malheur lui coûte tant de larmes. Ton père est-il mort ? m'écriai-je ; as-tu perdu ton troupeau ? Ah ! ma chère Téolinde, me répondit-elle, rien ne peut me consoler.... il est parti.... il est parti.... et ce matin j'ai vu la bergère Léocadie avec le ruban couleur de rose que j'avois donné l'autre jour à cet ingrat. Je vous avoue, aimables bergères, que je ne pus m'empêcher de rire à ce récit entrecoupé de sanglots. Lidie en fut offensée ; elle me regarda, baissa la tête, et s'éloigna de moi. Je voulus la retenir : Téolinde, me dit-elle, puissiez-vous connoître un jour le mal que je souffre, et trouver dans vos confidentes la pitié que je trouve en vous ! Tel fut son souhait : peut-être est-ce vous, bergères, qui l'accomplirez aujourd'hui.

J'étois libre et heureuse : je ne le fus pas long-tems.
Un jour, c'étoit la veille de la fête du village, j'étois allée
avec plusieurs bergères chercher des rameaux et des fleurs
pour en orner notre temple : nous trouvâmes sur le chemin
une troupe de bergers assis à l'ombre des myrtes ; tous
étoient nos amis ou nos parents : ils vinrent au-devant de
nous. Six d'entre eux s'offrirent pour aller chercher les
rameaux dont nous avions besoin : nous acceptâmes leur
offre, et nous demeurâmes avec le reste de leurs compagnons.

Parmi ces jeunes gens étoit un étranger que je voyois
pour la première fois. A peine je l'eus regardé, que je sentis
courir dans mes veines un feu qui m'étoit inconnu : je me
doutai pourtant de ce que c'étoit. Lidie étoit là ; je pensai
tomber aux genoux de Lidie, et lui demander pardon de
ne pas avoir plaint dans elle le mal que je sentois déjà.

Il étoit aisé de lire sur mon visage ce qui se passoit dans
mon ame ; mais tout le monde étoit occupé de l'étranger.
On lui demandoit d'achever une chanson que notre arrivée
avoit interrompue : il la reprit, et je tremblai qu'elle ne
parlât d'amour. S'il est amoureux, me disois-je, il ne doit
songer qu'à l'amour. Heureusement il ne chanta que les
plaisirs de la vie pastorale, et les moyens de conserver les
troupeaux : il ne dit rien de ce qui fait mourir les bergères.

A peine avoit-il achevé, que nous vîmes revenir ceux

qui étoient allés nous couper des rameaux. Ils en étoient
si chargés que, marchant sur la même ligne serrés les uns
contre les autres, on auroit cru voir s'approcher une petite
colline toute couverte de ses arbres. Quand ils furent près
de nous, ils entonnèrent une ronde villageoise à laquelle
nous répondîmes. Bientôt ils déposèrent leurs fardeaux,
et vinrent offrir à chaque bergère une guirlande de différentes fleurs. Nous acceptâmes leurs dons, et nous nous
disposions à retourner au village, lorsque le plus vieux
d'entre eux, nommé Éleuco, nous arrêta : il faut, dit-il,
que chacune de vous nous récompense de nos peines, en
donnant sa guirlande à celui qu'elle aimera le mieux. Cela
est trop juste, répondit une de mes compagnes en posant
sa guirlande sur la tête de son cousin : les autres suivirent
son exemple, et choisirent toutes un de leurs parents. Je
restai la dernière, et par bonheur je n'avois point là de
cousin.

Je fis semblant d'être incertaine, puis m'approchant de
l'inconnu, Je vous donne cette guirlande, lui dis-je, au
nom de toutes mes compagnes, pour vous remercier du
plaisir que nous a fait votre chanson. Je prononçai ce peu
de mots tout d'une haleine, sans oser lever les yeux sur
celui que je couronnois ; et ma main trembloit si fort, que
la guirlande pensa m'échapper.

L'étranger reçut mon bienfait avec reconnoissance et

modestie : il saisit l'instant où personne ne pouvoit l'entendre pour me dire à voix basse : Je vous ai payé bien
cher la guirlande que j'ai reçue : vous ne m'avez donné
que des fleurs ; et moi.... Il ne put achever. Mes compagnes me pressoient de partir : je ne lui répondis pas ; mais
je le regardai le plus long-tems qu'il me fut possible. Je
ne m'occupai que de lui pendant le chemin ; je ne songeai
qu'à lui quand je fus arrivée.

Le lendemain, jour de la fête, après avoir adoré l'Eternel, tous les habitans du village et des environs se rassem-
blèrent sur la grande place pour s'exercer à différens jeux
champêtres. Une troupe de jeunes gens, fiers de leur âge,
de leur force, de leur agilité, se présente pour disputer
le prix de la lutte, du saut, de la course. Chacun d'eux
paroît devoir l'emporter. Je ne m'intéressois que pour un
seul ; mes vœux furent exaucés. Artidore, c'étoit le nom
de mon étranger, fut vainqueur dans tous les jeux, fut
applaudi par tout le monde. Alanio, disoit-on, court mieux
que Silvain ; Marsille est plus fort que Lisandre : mais Artidore l'emporte sur tous. J'écoutois ces paroles, et n'osois
pas les redire : mais je faisois semblant de ne pas les avoir
entendues, pour me les faire répéter.

Ce beau jour finit. Le lendemain nous nous rassem-
blâmes une douzaine de jeunes filles , l'élite du village.
Précédées d'une musette , et nous tenant toutes par la

main, nous allâmes gagner en dansant une prairie où nous trouvâmes Artidore avec tous nos jeunes gens. Dès qu'ils nous virent, ils coururent se mêler à notre danse ; chaque berger sépara deux bergères, et rompit notre chaîne pour la doubler. Alors les flutes, les tambourins, se joignirent à notre musette : la danse devint plus vive, et mon bonheur voulut que ma main se trouvât dans celle d'Artidore. Le saisissement que cette main me causa pensa me faire rompre la chaîne. Artidore s'en apperçut, et m'enleva fortement en me pressant contre son sein : le remède étoit pire que le mal.

La danse finie, nous nous assîmes sur l'herbe. Tout le monde desiroit d'entendre chanter Artidore : il y consentit. Je n'ai jamais oublié sa chanson ; et je vais vous la répéter, malgré les pleurs que je donnerai peut-être à un si doux souvenir.

Jamais nous ne verrions briller un jour serein,
Toujours par la douleur l'ame seroit flétrie,
Si l'amour ne venoit consoler notre vie,
Et semer quelques fleurs sur ce triste chemin.
    Amour, l'on doit bénir tes chaînes :
    Si deux amans ont à souffrir,
    Ils n'ont que la moitié des peines ;
    Et tu sais doubler leur plaisir.

Il n'est point de malheur pour un amant aimé ;
D'un seul mot, d'un souris, dépend sa destinée :
Le sort voudroit en vain la rendre infortunée ;
On lui dit, JE VOUS AIME, et son cœur est calmé.

    Amour, l'on doit bénir tes chaînes :
    Si deux amans ont à souffrir,
    Ils n'ont que la moitié des peines ;
    Et tu sais doubler leur plaisir.

L'autre jour deux amans, à l'ombre d'un tilleul,
Sur leur hymen futur se contoient leurs alarmes ;
J'entendis qu'ils disoient, en essuyant leurs larmes,
Souffrir deux est plus doux que d'être heureux tout seul.

    Amour, l'on doit bénir tes chaînes :
    Si deux amans ont à souffrir,
    Ils n'ont que la moitié des peines ;
    Et tu sais doubler leur plaisir.

Il étoit tems de retourner au village : chaque berger
offrit le bras à sa bergère. Soit hazard, soit adresse, Artidore me donna la main. Nous marchions en silence,
sans oser nous regarder ; mais chacun de nous deux obser-
voit l'instant où l'autre ne pouvoit le voir, pour lui jeter
un coup-d'œil ; et dès que nos yeux se rencontroient, ils
se baissoient vers la terre. Enfin je lui dis : Artidore, le
peu de jours que vous nous donnez vous sembleront des
années, si vous avez laissé dans votre village quelqu'un
                                      qui

qui vous soit cher. Je donnerois tout ce que je possède, me répondit-il, pour que ces heureux jours durassent autant que ma vie. = Vous aimez donc bien les fêtes? = Ah! ce ne sont pas les fêtes... Il fit un soupir; je soupirai aussi: il me serra la main; je ne crois pas le lui avoir rendu.

Nous en étions là, lorsque le vieux Éleuco, dont on respectoit tous les avis, proposa de chanter une ronde, pour rentrer dans le village aussi gaiement que nous en étions sortis. Je m'en chargeai volontiers; et saisissant cette occasion de donner quelques avis à Artidore, voici la ronde que je chantai en le regardant:

> Voulez-vous être heureux amant?
> Soyez guidé par le mystère;
> Celui qui sait le mieux se taire
> En amour est le plus savant.
> Pour être aimé soyez discret;
> La clef des cœurs c'est le secret (1).

(1) *En los estados de Amor*
Nadie llega a ser perfeto
Sino el honesto y secreto.
Para llegar al suave
Gusto de amor, si se acierta,
Es el secreto la puerta,
Y la honestidad la llave.

F

En vain de l'amour on médit,
Le secret épure sa flamme;
L'amour est la vertu de l'ame
Quand le mystère le conduit.
Pour être aimé soyez discret;
La clef des cœurs, c'est le secret.

Souvent un seul mot peut ravir
Le prix d'une longue constance; (1)
Cachez jusqu'à votre souffrance
Pour savoir cacher le plaisir.
Pour être aimé soyez discret;
La clef des cœurs, c'est le secret.

Ne confiez qu'à votre cœur
Vos succès et votre victoire;
Tout ce que l'on perd de la gloire
Retourne au profit du bonheur.
Pour être aimé soyez discret;
La clef des cœurs, c'est le secret.

J'ignore si ma chanson plut à Artidore; mais il en profita. Pendant tout le séjour qu'il fit avec nous, il mit

(1) *Es ya caso averiguado,*
Que no se puede negar,
Que a vezes pierde el hablar
Lo que el callar ha ganado.

tant de circonspection, tant de prudence dans les soins qu'il me rendit, que la langue la plus maligne ne trouva pas un seul mot à dire.

J'étois certaine d'être aimée, et je n'avois pu cacher à mon amant que mon cœur étoit à lui. Nous étions convenus qu'il retourneroit à son village, comme il l'avoit annoncé, et que peu de jours après il enverroit un ami de sa famille me demander à mon père. Nous étions sûrs tous deux que nos parents consentiroient à ce mariage : tout sembloit d'accord avec nos projets, quand, deux jours avant le départ d'Artidore, mon malheur fit revenir ma sœur jumelle d'un village voisin où elle étoit allée voir une de mes tantes.

Cette sœur, par une fatalité bien rare, est mon portrait vivant. Son visage, sa taille, sa voix, tout est si semblable entre nous deux, que nos parents nous donnoient des habits différents pour nous reconnoître. Mais nos caractères sont bien loin de cette ressemblance ; et si nos cœurs avoient été jumeaux, je ne verserois pas tant de larmes.

Dès le lendemain de son retour, ma sœur fit sortir le troupeau, et le conduisit au pâturage avant que je fusse éveillée. Je voulus aller la rejoindre ; mais mon père me retint toute la journée : il fallut renoncer à l'espérance de voir Artidore. Le soir ma sœur revint, et me dit avec mystère qu'elle avoit à me parler de quelque chose d'important.

Le cœur me battit ; je devinai mon malheur. J'allai m'enfermer avec elle : jugez de ce que je devins en entendant ces paroles :

Ce matin, ma sœur, je conduisois le troupeau sur les rives de l'Hénarès, lorsque j'ai vu venir à moi un jeune berger qui m'est inconnu : il m'a saluée, et m'a pris la main avec une familiarité qui m'a surprise et offensée. Mon silence, et l'altération qu'il a dû remarquer sur mon visage, n'ont pas été capables d'arrêter ses transports. Eh quoi ! ma belle Téolinde, m'a-t-il dit, ne reconnoissez-vous pas celui qui vous aime plus que lui-même ? J'ai bien vu, ma sœur, que j'étois prise pour vous ; mais comme votre réputation m'est chère, et qu'un berger aussi hardi, pourroit lui faire grand tort, j'ai voulu vous débarrasser pour jamais de cet importun. Je me suis gardée de lui dire qu'il se trompoit ; et, prenant le ton que Téolinde auroit dû toujours avoir, j'ai répondu à ses discours avec une fierté, avec un dédain qui l'ont fort étonné ; ce qui ne vous justifie pas trop, ma sœur. Mais, heureusement pour vous, mes paroles lui ont fait impression ; il m'a quittée en me nommant perfide, ingrate ; et je crois pouvoir vous répondre que vous ne le reverrez plus.

Vous comprenez, aimables bergères, combien je souffrois pendant ce récit. J'aurois donné la moitié de ma vie pour être au lendemain, pour aller à l'instant même détromper mon malheureux amant. Ah ! que la nuit me

parut longue! les étoiles brilloient encore, que j'étois déjà
dans les champs. Jamais mes pauvres brebis n'avoient
marché si vîte. J'arrive à l'endroit où j'avois coutume de
trouver Artidore; je le cherche, je l'appelle, je parcours
le rivage, le bois, la campagne; je ne trouve point Artidore. Reviens, m'écriai-je; reviens, mon bien-aimé: voici
la véritable Téolinde, celle qui ne vit que pour t'aimer.
L'écho répète mes paroles; et Artidore ne vient point.
Enfin, lassée de tant de recherches, je vais m'asseoir au
pied d'un saule, et j'attends que le jour soit plus grand,
pour parcourir de nouveau tous les lieux que j'avois par-
courus.

A peine l'aube du matin laissoit distinguer les objets,
que j'apperçois des caractères tracés sur l'écorce d'un peuplier blanc. Je regarde, je reconnois la main d'Artidore,
et je ne sais comment je pus lire sans mourir les vers que
voici:

O vous dont l'inconstance égale la beauté,
Vous qui comptez pour rien vos sermens et ma vie,
  Vous ordonnez qu'elle me soit ravie:
  Elle est à vous, comme ma liberté.
J'obéirai, cruelle, à votre ordre terrible;
Vous ne me verrez plus: mais, à mon dernier jour,
  Je veux parler de mon amour;
Oui, je veux répéter à votre ame insensible

Le serment que je fis , hélas ! pour mon malheur :
   En l'écrivant sur l'écorce flexible ,
Il restera gravé mieux que dans votre cœur.
Adieu ; jusqu'au tombeau le mien vous a chérie :
Pour ne plus vous le dire , il a fallu mourir ;
   Si mon trépas vous arrache un soupir ,
   Ma mort sera plus douce que ma vie (1).

Je lus deux fois , sans pleurer , ces tristes adieux : je voulus les relire encore , mais les larmes m'en empéchèrent ; et si ces larmes n'étoient venues , je serois morte sur-le-champ. La douleur m'ôta, dès ce moment, le peu de raison que l'amour m'avoit laissé. Je résolus de tout abandonner pour courir après Artidore. Je voulois partir sur-le-champ ; mais je ne pouvois quitter ce peuplier où mon arrêt étoit tracé. J'essaie inutilement d'enlever cette écorce ; je la baise mille fois , je la baigne de mes pleurs , et je prends la fuite à travers la campagne , en répétant les derniers mots que j'avois lus.

(1) *Las letras que fijaré*
      En esta aspera corteza
      Creceran con mas firmeza
      Que no ha crecido tu fé :
      Y en caso tan desdichado ,
      Tendre por dulce partido ,
      Si fui vivo aborrecido ,
      Sér muerto , y por ti llorado.

J'arrive sur ces bords; ils ne sont pas éloignés de la patrie de mon amant. Jusqu'à présent personne n'a pu me
donner de ses nouvelles. Je veux le chercher encore quelques jours; mais si ma recherche est vaine, si mon Artidore
n'est plus, mon parti est pris, je le suivrai ? oui, s'écria-
t-elle en fondant en larmes, je le suivrai; c'est ma dernière
espérance.

Tel fut le récit de Téolinde. Galatée et Florise s'effor-
cèrent de la consoler : Restez ici, lui dit Galatée, nous
vous aiderons à retrouver Artidore; et, jusqu'à ce moment,
nous le pleurerons avec vous. Téolinde, touchée de ces
offres, embrassa Galatée, et lui promit de ne pas la quitter
de quelques jours.

Le soleil s'étoit couché, et les trois bergères rassem-
blèrent le troupeau pour le ramener au village. Elles n'é-
toient pas encore à la moitié du chemin, quand Galatée
s'apperçut qu'elle avoit oublié sa houlette : elle pria Florise
et l'étrangère de veiller à ses brebis, et retourna seule
pour la chercher. Elle découvrit bientôt à travers les arbres
un vieux berger, nommé Lénio, assis à la place qu'elle
avoit occupée : il tenoit dans ses mains la houlette qu'elle
venoit reprendre.

Dans le même instant, Élicio, qui retournoit à sa cabane
avec son petit troupeau de chèvres, vint à passer; et,

reconnoissant la houlette de Galatée, il s'arrête en regardant Lénio d'un air étonné. Galatée, attentive au mouvement d'Élicio, se cache derrière un buisson pour écouter
ce qu'il alloit dire.

De qui tiens-tu cette houlette? demande Élicio d'une
voix animée. Je viens de la trouver ici, lui répond le vieux
berger, et je la destine à Bélise, qui ne refusera pas un si
beau présent. = Je souhaite que tu puisses attendrir Bélise par le don de cette houlette; mais la mienne est encore
plus belle: regarde comme l'écorce, adroitement enlevée,
semble former tout autour une branche de lierre. Que veux-
tu que je te donne pour la changer contre celle que tu tiens?
= Je veux la plus belle de tes chèvres. = Ah! j'y consens:
je n'en ai que six, les voilà; tu peux choisir. Le vieux
Lénio n'eut pas de peine à se décider: des six chèvres
d'Élicio, une seule étoit près de mettre bas; ce fut celle-là
qu'il choisit. Élicio transporté lui donna la chèvre, changea
de houlette, et l'embrassa de tout son cœur. Les deux bergers, également satisfaits, se séparèrent; et Galatée, toute
pensive, rejoignit Florise et Téolinde, qui lui demandèrent
des nouvelles de sa houlette. Quelqu'un l'a prise, répondit
la bergère; mais je n'y ai pas de regret.

Cependant les ombres de la nuit commençoient à noircir
les montagnes; les oiseaux, rassemblés sous le feuillage,
se disputoient avec un murmure confus la branche où ils
passeroient

passeroient la nuit: on entendoit de tous côtés les chalu-
meaux des bergers, et les sonnettes des brebis qui s'appro-
choient du village. Les bergères, en y rentrant, trouvèrent
de grands apprêts de fêtes: on leur en dit le sujet. Daranio,
un des plus riches laboureurs, devoit épouser le lendemain
Silvérie, dont les yeux bleus faisoient toute la dot. Le
prodigue amant vouloit célébrer son bonheur par la noce
la plus brillante. Il avoit invité tous les bergers des villages
voisins; et le fameux Tircis, qui n'avoit point d'égal dans
l'art de chanter ou de jouer de la flûte, venoit d'arriver
avec son ami Damon. Téolinde espéra qu'Artidore pourroit se trouver à ces noces; elle résolut d'y suivre Galatée.
Tous les bergers se préparèrent aux jeux et aux combats
qui devoient remplir cette belle journée.

FIN DU PREMIER LIVRE.

G

LIVRE II.

Quand pourrai-je vivre au village ! quand serai-je le possesseur d'une petite maison entourée de cerisiers ! Tout auprès seroient un jardin, un verger, une prairie, et des ruches : un ruisseau bordé de noizettiers environneroit mon empire ; et mes desirs ne passeroient jamais ce ruisseau. Là, je coulerois des jours heureux ; le travail, la promenade, la lecture, occuperoient tous mes moments. J'aurois de quoi vivre : j'aurois encore de quoi donner ; car sans cela point de richesse : c'est n'avoir rien que de n'avoir que pour soi. Si je pouvois jouir de tous ces biens avec une épouse sage et douce, et voir nos enfants, jouant sur le gazon, se disputer à qui courra le mieux pour venir embrasser leur mère, je croirois devoir exciter l'envie de tous les rois de l'univers.

Tel étoit le sort des bergers dont j'écris l'histoire : un doux mariage couronnoit presque toujours une longue passion. Daranio, amant aimé de Silvérie, alloit devenir son époux. Au lever de l'aurore, tous les habitants du village et des alentours étoient déjà sur la grande place ; l'un avoit fait des guirlandes pour en orner la porte de la maison des mariés ; l'autre, avec son tambourin et sa flûte, leur donnoit une joyeuse aubade : ici, l'on entendoit la champêtre musette; là, le violon harmonieux; plus loin, l'antique psaltérion: celui-ci mettoit des rubans à ses castagnettes, celui-là des bouquets à son chapeau; chacun vouloit plaire à sa maîtresse: tous étoient animés par l'amour et par la joie.

Les nouveaux mariés ne se firent pas attendre: on les vit arriver parés de leurs plus beaux habits. Galatée et les jeunes filles conduisoient Silvérie; Élicio et les bergers entouroient Daranio. Cette aimable troupe prit le chemin du temple, au bruit de tous les instruments.

Après s'être juré une éternelle fidélité, les deux époux retournèrent à la grande place; et toutes les jeunes filles coururent chercher les présents qu'elles destinoient à la mariée. L'une revient offrir à Silvérie un panier de fruits; l'autre porte dans son chapeau les œufs frais que ses poules ont pondus: celle-ci donne la poule même, celle-là un jeune coq: toutes, sans regret et sans vanité, font une offrande proportionnée à leurs richesses.

Galatée approche à son tour; elle apportoit deux tourterelles qu'un valet de son père venoit de prendre au filet. La bergère craignoit de leur faire mal; et ses deux mains pouvoient à peine suffire pour tenir les deux oiseaux: leurs ailes blanches, leurs becs couleur de rose, s'échappoient sans cesse entre ses doigts. Elle se presse d'arriver à Silvérie;

et la saluant d'un air gracieux : Ma bonne amie, lui dit-elle,
voici des oiseaux qui veulent vivre avec vous; je vous prie
de les recevoir : tous les époux fidèles leur doivent un asyle.
En disant ces mots , elle présente les colombes. Silvérie
avance ses mains pour les prendre ; Galatée ouvrit les
siennes : les deux oiseaux profitent du moment , ils s'é-
chappent en rasant de l'aile le visage des deux bergères,
et s'élève dans les airs. Silvérie étonnée , Galatée presque
triste, les suivent des yeux , et les perdent bientôt de vue :
alors elles se regardent sans rien dire ; et tout le monde rit,
excepté Galatée.

Élicio s'approcha d'elle, et lui dit à voix basse : Ces oiseaux vous ont punie de ce que vous ne les gardiez pas :
mais ils auront besoin de vous revoir, et j'ose vous répondre
qu'ils reviendront vous trouver. Je n'y compte pas , dit
Galatée , et je m'en console s'ils sont plus heureux. Aussi-
tôt elle envoya chercher dans sa bergerie un bel agneau
qui remplaça les tourterelles.

Pendant que l'on offroit les présens , plusieurs tables
s'étoient dressées sous une épaisse feuillée : elles sont bientôt couvertes de mets. Daranio , qui donnoit la fête , fait
asseoir les mères, les vieillards et les jeunes filles ; les jeunes
garçons restent debout pour les servir. Plus loin , sur une
espèce de théâtre soutenu par des tonneaux, des musiciens
vont se placer. La symphonie commence ; on l'interrompt

souvent par des cris de joie: le plaisir, la gaieté, brillent
sur tous les visages; on parle, on écoute, on rit tout à la
fois: tout le monde est content, tout le monde est heureux;
on croiroit que chaque berger vient d'épouser sa maîtresse.

Pour que rien ne manque à la fête, quand le repas est
achevé, Daranio propose un combat pastoral : Silvérie détache sa guirlande, et déclare qu'elle sera le prix de celui
qui chantera le mieux sa bergère. Alors les instruments se
taisent, toutes les jeunes filles regardent leurs amants, tous
les bergers se préparent à chanter. Érastre même veut entrer en lice ; mais le fameux Tircis se lève, et Érastre va
se rasseoir. Personne n'ose combattre avec Tircis. Le seul
Élicio se présente: Berger, lui dit-il, je ne prétends pas
vous disputer la guirlande ; mais je veux célébrer celle
que j'aime. Il se fait un profond silence; les deux rivaux
chantent alternativement ces paroles:

TIRCIS.

La charmante Philis est celle que j'adore ;
L'amour et ma Philis soutiendront mes accents.
Vous qui la connoissez, n'écoutez pas mes chants ;
J'ai prononcé son nom, que puis-je dire encore.

ÉLICIO.

Je veux cacher le nom de l'objet qui fit naître
Ce feu dont je me sens embrasé pour jamais :

Hélas ! je me trahis si je peins ses attraits ;
Comme elle est la plus belle, on va la reconnoître.

T I R C I S.

La pomme colorée est la fidèle image
Du teint vif et brillant de ma chère Philis ;
Ses regards languissants, l'arc de ses noirs sourcils,
Retiennent tous les cœurs dans un doux esclavage.

É L I C I O.

La rose au teint vermeil, la neige éblouissante,
Ressemblent aux appas dont je suis enchanté :
Cette neige résiste aux ardeurs de l'été ;
L'hiver ne flétrit point cette rose brillante. (1)

T I R C I S.

Philis, depuis deux ans, cause seule mes peines ;
Je l'aimai dès le jour où je vis ses yeux bleus :
L'amour m'attendoit là, caché dans ses cheveux, (2)
Et de ses tresses d'or il fit pour moi des chaînes.

É L I C I O.

L'amour depuis long-tems me tient sous sa puissance.
Quand j'apperçus l'objet dont je suis amoureux,

(1) *La blanca nieve; y colorada rosa,*
    Que el verano no gasta, ni el invierno, etc.
(2) *En las rubias madejas se escondia.*

Je vis l'enfant ailé sourire dans ses yeux;
Dans mon cœur aussi-tôt je sentis sa présence.

TIRCIS.

Comme un miroir brisé mille fois nous présente
L'objet qu'il multiplie à nos regards surpris :
De même un seul coup-d'œil de ma belle Philis
Grave dans tous les cœurs son image charmante. (1)

ÉLICIO.

Comme un agneau bêlant qui demande sa mère
Saute et bondit de joie en la voyant venir :
De même vous verriez nos bergers tressaillir
Quand à leurs yeux charmés vient s'offrir ma bergère.

TIRCIS.

Je garde à ma Philis, pour le jour de sa fête,
Deux chevreaux tachetés qu'avec soin je nourris :
J'en serai trop payé, si je reçois pour prix
Les bluets dont Philis a couronné sa tête.

ÉLICIO.

Je ne veux rien offrir à la beauté que j'aime :

(1) *No se ven tantos rostros figurados*
En roto espejo, o hecho por tal arte
Que si uno en el se mira, retratados
Se ve una multitud en cada parte.

Hélas!

Hélas! je n'eus jamais que mon cœur et mon chien.
Mon cœur depuis long-tems est devenu son bien ;
Mon chien la suit déjà comme un autre moi-même.

Les deux bergers cessèrent de chanter. Silvérie incertaine auroit voulu donner deux prix. Vos talens sont égaux, leur dit-elle; je n'ose et je ne puis choisir. Que chacun de vous reçoive une branche de laurier ; et souffrez que la guirlande appartienne à ma meilleure amie. En disant ces mots, elle offrit à Tircis et à Élicio deux couronnes égales; et se retournant vers Galatée, elle posa la guirlande sur sa tête.

La musique donna bientôt le signal de la danse. Élicio vint prier Galatée de danser avec lui. La bergère rougit et accepta. Auriez-vous desiré, lui dit Élicio d'une voix tremblante, que Tircis eût remporté le prix? Non, répondit Galatée; j'aurois été fâchée, pour l'honneur de notre village, de vous voir vaincu par un étranger. Après ce peu de mots, ils n'osèrent plus se parler.

La nuit vint, et tout le monde alla souper chez Daranio, excepté Galatée, qui ramena chez elle Florise et la triste Téolinde. Dès que ces trois bergères furent parties, Élicio prit le chemin de sa cabane avec Érastre, Tircis et Damon: ces deux derniers étoient depuis long-tems les bons amis d'Élicio, et connoissoient son amour et ses peines.

H

Ils n'avoient pas fait encore beaucoup de chemin, lorsqu'en passant au pied d'un antique hermitage situé sur une
petite colline, ils entendirent le son d'une harpe. Arrêtons-
nous, leur dit Érastre, pour écouter la voix d'un jeune
homme qui depuis quinze jours est venu se faire hermite
ici. Je lui ai parlé plusieurs fois. D'après ses discours, je
crois que c'est un grand seigneur que ses malheurs ont
forcé de quitter le monde: et si Galatée continue de me
traiter aussi mal, j'ai le projet de me faire hermite avec lui.

Ces paroles d'Érastre inspirèrent aux bergers le desir
de connoître l'hermite. Ils montèrent la colline sans bruit,
et découvrirent bientôt un jeune homme de vingt-deux
ans à-peu-près, assis sur un morceau de roc: il étoit vêtu
d'une bure grossière; une corde lui servoit de ceinture; ses
jambes et ses pieds étoient nus: il tenoit dans ses mains une
harpe dont il tiroit des sons plaintifs; ses yeux humides
étoient tournés vers le ciel, et deux longues larmes sillon-
noient ses joues. Le silence de la nuit, la clarté pâle de la
lune, la sainte horreur de l'hermitage, tout sembloit préparer l'ame aux accents tristes de l'hermite. Après avoir
préludé quelque tems, il chanta ces paroles:

En vain j'adresse au ciel une plainte importune;
Le ciel n'écoute plus mes accents douloureux:
Le redoutable amour, la volage fortune,
Tout, jusqu'à l'amitié, seul bien des malheureux,

Semble se réunir pour combler ma misère.
Je remplis mon destin ; je suis né pour souffrir :
   Mon cœur n'a plus rien sur la terre ;
Je ne peux plus aimer, et je ne peux mourir.

Pure et sainte amitié, doux charme de la vie,
Je t'immolai l'amour ; mais qu'il m'en a coûté !
Rends du moins le repos à mon ame flétrie :
On dit que tu suffis pour la félicité.
Loin de me soulager, tu combles ma misère.
Je remplis mon destin ; je suis né pour souffrir :
   Mon cœur n'a plus rien sur la terre ;
Je ne peux plus aimer, et je ne peux mourir.

L'hermite se tut : sa tête se pencha sur son épaule, ses mains quittèrent les cordes de la harpe, et tombèrent sans mouvement à ses côtés. Les bergers coururent à son secours ; Érastre le prit dans ses bras, et le fit revenir à lui. L'hermite le regarda long-tems, comme quelqu'un qui se réveille au milieu d'un songe effrayant : Berger, lui dit-il, les soins que vous me donnez ne font que prolonger mes maux, et une vaine reconnoissance est tout ce que je puis vous offrir. Vous pouvez nous raconter vos malheurs, lui dit Tircis ; la tendre amitié que déjà vous nous avez inspirée est digne de cette confiance. Ah ! l'amitié.... reprit l'hermite, quel nom avez-vous prononcé ! Mais je ferai ce que vous desirez. Je vous ai plus d'une obligation :

c'est dans votre village que je vais demander le peu d'aliments nécessaires à ma triste existence ; on m'en donne toujours plus qu'il ne m'en faut. Puisque je vous dois ma vie, il est juste que vous en connoissiez les peines. A ces mots, les bergers se pressèrent autour de lui, et le jeune hermite commença son récit.

Dans l'ancienne et fameuse ville de Xérès (1), dont Minerve et Mars ont toujours protégé les habitants, vivoit un jeune Cavalier nommé Timbrio. Sa haute valeur étoit la moindre de ses qualités. Entraîné par une sympathie invincible, je mis tout en œuvre pour obtenir son amitié : je réussis. Toute la ville oublia bientôt les noms de Timbrio et de Fabian, c'est le mien ; et l'on nous appella simplement *les deux amis*.

Nous méritions un si doux surnom : toujours ensemble, nos belles années passoient comme des instants. Nos seules occupations étoient les exercices de Mars ; nos délassements, la chasse ; nos passions, l'amitié. Ce bonheur dura jusqu'au jour, le plus fatal de ma vie, où Timbrio eut une querelle avec un cavalier nommé Pransile. La famille de mon ami l'obligea de s'éloigner : mais il écrivit à Pransile qu'il alloit à Naples, où il le trouveroit toujours

(1) *En la antiqua y famosa ciudad de Xérès, cuyos moradores de Minerva y Marte son favorecidos, etc.*

prêt à terminer leur différend comme il convient à des gentilshommes.

J'étois malade, et hors d'état de suivre mon ami. Notre adieu fut mêlé de beaucoup de larmes : je lui promis de le rejoindre aussi-tôt que ma santé me le permettroit. Mais je sentis bientôt que son absence me fatiguoit plus que ma maladie ; et sachant qu'il y avoit à Cadix quatre galères qui appareilloient pour l'Italie, je résolus de m'embarquer. L'amitié me donna les forces que la convalescence me refusoit : je me rendis à bord ; le vent seconda mes projets, et me fit arriver à Naples en peu de jours.

Il étoit nuit quand je descendis sur le port. En traversant une rue, j'entendis un cliquetis d'épées, et j'apperçus un homme qui, le dos appuyé contre une muraille, se défendoit seul contre quatre assassins. Je vole à son secours : j'étois suivi de plusieurs valets qui me secondent. Cette attaque imprévue fait prendre la fuite aux quatre lâches : je cours à l'inconnu, je lui parle, je l'envisage ; c'étoit Timbrio.

Je le serrai dans mes bras en versant des larmes de joie ; mais je payai bien cher le plaisir d'une si douce réunion : mon ami étoit blessé ; et, l'émotion que lui causa ma vue achevant d'épuiser ses forces, il tomba dans mes bras, évanoui et tout sanglant. J'envoie chercher du secours ; Timbrio revient à lui : un chirurgien visite sa blessure, et

me répond qu'elle n'est pas mortelle. Cette assurance me
console : nous faisons un brancard de nos bras , et nous
portons chez lui mon malheureux ami.

Ce fut là que j'appris la cause de cet assassinat. Timbrio , en arrivant à Naples, avoit remis des lettres d'Espagne
à un des premiers citoyens de la ville, dont la famille étoit
espagnole. Reçu dans sa maison comme un compatriote
aimable, mon ami n'avoit pu résister aux charmes de sa
fille aînée Nisida , la plus belle et la plus sage des Napoli-
taines. Son respect et sa timidité ne lui permirent jamais
d'avouer son amour. Mais un prince italien, amoureux de
Nisida , devina qu'il avoit un rival ; et craignant la valeur
autant que le mérite de Timbrio , il avoit eu la lâcheté
de le faire assassiner.

Cette aventure se répandit dans la ville , et vint aux
oreilles du père de Nisida. Il fut indigné que le nom de sa
fille s'y trouvât mêlé , et défendit au prince italien et à
mon ami de revenir jamais dans sa maison.

Cette défense fit plus de mal à Timbrio que sa blessure.
Dévoré d'une passion que les obstacles ne faisoient qu'accroître , au désespoir de ne s'être pas déclaré quand il le
pouvoit , il vouloit revoir Nisida à quelque prix que ce
fût. Tous les moyens lui sembloient aisés , et lui paroissoient ensuite impossibles : il écrivoit cent lettres qu'il

déchiroit; mille projets impraticables se succédoient dans son esprit. Tant d'inquiétudes, tant de chagrins enflammèrent sa blessure : mon ami fut bientôt en danger. Je résolus, pour le sauver, de m'introduire chez sa maîtresse.

Je m'habillai comme un captif nouvellement racheté; je pris une guitarre, et me promenant tous les soirs dans la rue de Nisida, en chantant de vieilles romances, je passai pour un Espagnol échappé des mains des infidèles. Bientôt on ne parla dans le quartier que du captif musicien. Le père de Nisida voulut entendre mes romances : je fus admis dans sa maison. C'est là que je vis cette Nisida ; c'est là que je perdis le repos et le bonheur de ma vie. J'osai regarder ce visage céleste, cette taille charmante, ces yeux si tendres dont l'éclat étoit tempéré par une légère empreinte de mélancolie; je sentis sur-le-champ le poison couler dans mes veines. Il falloit fuir : je n'en eus pas la force; et ce seul moment me rendit aussi malade que Timbrio.

On me pria de chanter : je pouvois à peine parler. J'obéis cependant, et je choisis une romance orientale qu'un esclave persan m'avoit apprise.

Ici tous les bergers supplièrent l'hermite de leur dire cette romance. Il reprit sa harpe, et chanta d'une voix douce ces paroles :

Le beau Nelzir aimoit Sémire ;
Sémire aimoit le beau Nelzir :
Se voir, s'aimer, et se le dire
Étoit leur vie et leur plaisir.
Le bonheur tient à peu de chose,
Un rien le fait évanouir :
Hélas ! d'une feuille de rose
Dépendoit le sort de Nelzir.

Tant que sur sa tige fleurie
La feuille fatale tiendra,
Nelzir doit conserver la vie :
Si la feuille tombe, il mourra.
Sémire, toujours attentive,
Ses beaux yeux fixés sur la fleur,
D'une main timide cultive
Le rosier qui fait son bonheur.

Un jour sur sa bouche mi-close
Nelzir imprime un doux baiser :
Sémire veut le rendre et n'ose ;
En vain l'Amour lui dit d'oser.
C'est à la rose à peine éclose
Qu'elle rend ce baiser charmant :
Mais sa bouche effeuille la rose,
Sémire a tué son amant.

Nelzir

Nelzir tombe aux pieds de Sémire
Sans sentiment et sans couleur :
Il presse sa main, il expire ;
L'amour quitte à regret son cœur.
Sémire, interdite et tremblante,
Sur ses lèvres cherche la mort ;
Et, pressant sa bouche expirante,
Par un baiser finit son sort.

Nisida avoit une sœur cadette nommée Blanche, presque aussi belle que son aînée. La jeune Blanche parut écouter ma romance avec plus de plaisir que personne : elle loua beaucoup ma voix. Je la remerciai en regardant sa sœur. Leur père me pria de revenir. J'hésitai long-tems avant de profiter de cette permission ; j'étois sûr d'enfoncer davantage le trait qui déchiroit mon cœur : mais pressé par mon ami, entraîné par mon amour, je retournai chez Nisida, je la revis, et tout espoir de guérison me fut ôté.

Jugez des combats qui se passoient dans mon ame : j'aimois Timbrio plus que ma vie ; j'aimois Nisida peut-être plus que Timbrio ; je la voyois tous les jours ; je ne pouvois pas la fuir pour l'intérêt même de mon ami : cet ami, foible et convalescent, ne se soutenoit que par l'espérance que lui donnoient mes soins. Le tems, loin de me soulager, ne pouvoit qu'ajouter à mes maux : chaque instant redoubloit ma passion, mes remords et mes tourments. Ma

I

santé n'y résista pas ; mon visage perdit bientôt les couleurs
de la jeunesse ; mes yeux, éteints et enfoncés, pouvoient
se tourner à peine vers celle qui me faisoit mourir. Le père
de Nisida me témoigna son inquiétude ; elle-même, et
sur-tout sa sœur Blanche, me prièrent un jour avec le
plus tendre intérêt de ne leur rien cacher de mes chagrins.
Je raffermis mon cœur, je me rappellai tout ce que je
devois à mon ami ; et, résolu d'expirer plutôt que de le
trahir, j'eus la force de leur dire ces paroles :

Vous plaindrez davantage mes maux quand vous saurez
que l'amitié les cause. Un jeune cavalier, mon compatriote
et mon intime ami, est amoureux de l'objet le plus beau
qui soit au monde : il le respecte trop pour oser lui parler
de sa passion ; ce respect lui coûte la vie. C'est lui que je
pleure ; c'est le plus honnête et le plus aimable des hommes,
qu'un amour malheureux va faire descendre au tombeau.

A cet endroit Nisida m'interrompit. Fabian, je n'ai jamais connu l'amour ; mais il me semble qu'il y auroit de
la simplicité à mourir plutôt que d'oser dire à une femme
qu'on l'aime. D'abord, cet aveu ne peut l'offenser ; et en
supposant qu'il soit mal reçu, on est toujours à tems de
mourir. = Belle Nisida, quand on considère l'amour avec
des yeux indifférents, on ne voit que des jeux d'enfants
dont on se moque, ou dont on a pitié : mais quand le
cœur est blessé, l'esprit et la raison, loin de nous être

utiles, sont les premiers à nous égarer. Tel est l'état de
mon ami. A force de prières, j'ai obtenu de lui qu'il
écriroit à celle qu'il aime : je me suis chargé de la lettre,
et je la porte toujours avec moi, dans l'espérance de pouvoir la rendre. = Ne pourrois-je pas voir cette lettre ? je
suis si curieuse de connoître le style d'un amant véritable-
ment épris !

Je ne laissai pas échapper une si belle occasion : je tirai
de mon sein le billet que Timbrio m'avoit remis quelques
jours auparavant ; il étoit conçu en ces termes :

« J'étois décidé, madame , à ne jamais rompre le si-
» lence : j'aimois mieux mourir avec votre pitié, que de
» vivre avec votre colère. Mais il seroit trop affreux de ne
» pas vous apprendre que je vous adore. Si cet aveu ne
» vous offense pas, je sens que je chérirai encore la vie
» pour vous la consacrer : si ma témérité vous paroît pu-
» nissable, ma mort l'expiera bientôt. »

Nisida lut cette lettre avec beaucoup d'attention. Je ne
crois pas, me dit-elle, qu'une déclaration d'amour aussi
respectueuse puisse déplaire ; et je t'exhorte à rendre ce
billet, sans crainte qu'il soit mal reçu. Il n'est pas encore
tems, lui répondis-je : mais mon ami se meurt, et vous
pourriez sauver ses jours. = Eh ! comment ? = Faites ré-
ponse à ce billet, comme s'il s'adressoit à vous : cet innocent

artifice lui rendra la vie, et me donnera le tems de trouver
l'occasion que je desire. = Non ; je n'ai jamais répondu à
des lettres d'amour, et je ne voudrois pas commencer par
un mensonge. Mais qui t'empêche de rapporter à ton ami
tout ce qui vient de se passer, en mettant le nom de celle
qu'il aime à la place du mien? Tu lui diras qu'elle a lu sa
lettre, qu'elle t'a exhorté à la rendre ; qu'à la vérité tu n'as
pas osé lui dire que le billet étoit pour elle-même, mais
que tu as lieu d'espérer qu'elle l'apprendra sans colère. Cette
ruse doit être utile à la santé de ton compatriote, et ne
peut être démentie par rien lorsque tu auras parlé à sa véritable maîtresse.

Surpris de cette invention, je balbutiai quelques paroles
de remercîment, et je courus tout rapporter à Timbrio.
L'espoir qu'il en conçut, ses transports, sa reconnoissance
furent autant de liens qui m'enchaînèrent davantage à mon
devoir. Je redoublai de soins auprès de Nisida ; et en proie
à une passion que sa vue ne faisoit qu'accroître, je ne lui
parlai que de mon ami ; j'employai pour lui les expressions
que mon cœur me fournissoit pour moi-même, et je fis
servir à l'amitié jusqu'au sentiment qui auroit dû la détruire.

Enfin j'osai tout déclarer. J'appris à Nisida que mon
ami étoit ce Timbrio qui avoit pensé mourir pour elle.
J'exaltai sa naissance, ses qualités, ses vertus ; en un mot,
je le peignis comme je le voyois. Nisida ne l'avoit pas oublié :

elle me marqua une surprise vraie ou feinte, me reprocha
ma hardiesse, me menaça de tout dire à son père; mais à
travers la colère qu'elle s'efforçoit de montrer, je vis
clairement que Timbrio étoit aimé.

Ce fut le dernier coup pour moi. Je l'attendois depuis
long-tems; il ne m'en fut pas moins sensible. Je résolus
d'apprendre à Timbrio son bonheur, et de m'enfuir ensuite
pour aller mourir dans un désert. Mais je comptois trop
sur mon courage : au moment où j'entrepris de dire à mon
rival qu'il étoit aimé, je perdis la parole; mes yeux se rem-
plirent de larmes : vainement je voulus cacher mon trouble;
mes sanglots me trahirent; mes forces m'abandonnèrent,
et je tombai dans les bras de mon ami en le baignant de
mes pleurs.

Timbrio, surpris et effrayé, me soutient, m'embrasse,
me questionne; il veut savoir la cause d'une si vive afflic-
tion : je me tais; il me presse : je baisse les yeux... Ah! je
t'entends, s'écrie-t-il, tu l'aimes, tu l'aimes : eh! comment
ne l'aurois-tu pas aimée! ton cœur gémit du sacrifice qu'il
veut faire à l'amitié; j'en serois indigne si je l'acceptois.
Aime Nisida, je ne la reverrai jamais : je vivrai peut-être
sans elle; je serois sûr de mourir si je faisois ton malheur.
En disant ces mots, il détournoit son visage pour me dérober ses larmes, et il me pressoit contre sa poitrine.

L'amitié m'inspira dans ce moment : je me sentis élever au-dessus de moi-même. Tu t'es mépris, lui répondis-je ; ce n'est point Nisida que j'aime, c'est sa sœur : je n'ai pu toucher son ame ; et la violence d'un amour rebuté cause seule mon désespoir. Ne me trompes-tu pas ? me dit-il en me regardant. = Non, mon cher Timbrio. J'adore Blanche ; elle méprise mes vœux : pardonne si la comparaison de ton heureux sort au mien vient de m'arracher quelques larmes ; je te promets de n'en plus verser. Va, je sens près de toi que mon bonheur ne dépend pas de l'amour.

Timbrio me crut, ou feignit de me croire. Il étoit résolu de s'assurer avec le tems de la vérité de mes paroles ; j'étois décidé moi-même à tous les sacrifices nécessaires à son repos. Ce n'étoit pas assez d'immoler ma véritable passion, il falloit feindre d'en sentir une autre : dès le lendemain je découvris à Blanche qui j'étois, et je lui parlai d'amour.

Blanche m'aimoit depuis long-tems, sans oser se l'avouer à elle-même. Dès qu'elle se crut aimée, elle le dit à sa sœur. Cette confidence devint utile à Timbrio. Nisida résistoit encore à un sentiment qu'elle redoutoit ; elle en fut moins effrayée en trouvant une compagne : elle osa parler de son amour, et s'en pénétra davantage. Les deux sœurs, en se témoignant leurs craintes, se rassurèrent mutuellement ; et le plaisir d'épancher leurs ames leur fit mieux connoître le plaisir d'aimer.

A la faveur de mon déguisement, je conservois toujours
un libre accès dans la maison. Je portois les lettres de mon
ami; je lui procurois quelquefois le plaisir de voir sa maîtresse : alors je redoublois d'empressements auprès de
Blanche. Timbrio, qui remarquoit avec joie combien j'é-
tois aimé, me félicitoit en m'embrassant, et me juroit de
n'épouser Nisida que le jour où je deviendrois l'époux de
sa sœur. Je baissois la tête, résigné à tout ce que l'amitié
ordonneroit de moi.

Nous n'attendions plus que des nouvelles d'Espagne
pour demander la main de Blanche et de Nisida, lorsque
Pransile, ce cavalier qui avoit eu à Xérès une querelle
avec Timbrio, arriva dans Naples pour se battre avec lui.
Comme la réparation devoit être publique, il fallut du tems
pour obtenir la permission du vice-roi, et faire nommer
des juges. Enfin ce terrible combat fut indiqué à huit jours
de là, dans une grande plaine peu distante de la ville.

Cette nouvelle fit du bruit, et, malgré nos soins, Nisida
en fut instruite. Son inquiétude et sa douleur furent aussi
vives que son amour. Languissante et désolée, elle passa
dans les larmes, et sans prendre de nourriture, les huit
jours de délai qui lui sembloient si longs et si courts. L'affreuse incertitude, plus cruelle que le malheur même, eut
bientôt épuisé ses forces : elle tomba malade; et son père,
ignorant toujours la véritable cause de son mal, résolut,
pour la rétablir, de la mener à sa maison de campagne.

Le jour de leur départ, qui étoit la veille du combat,
Nisida me fit appeler. En arrivant près de son lit, j'eus
peine à la reconnoître ; elle étoit pâle, défaite ; ses longues
paupières étoient humides : Fabian, me dit-elle d'une voix
foible, tu feras mes adieux à Timbrio ; tu lui diras que mes
jours tiennent aux siens, et que demain il défendra ma vie.
Pour toi, son meilleur ami après moi, je suis bien sûre
que tu ne le quitteras pas : s'il lui arrivoit un malheur, tu
seras là pour le secourir. Ah ! je voudrois pouvoir te suivre.
Tiens, ajouta-t-elle en détachant de son cou une relique
précieuse qu'elle mouilloit de ses larmes, porte-là lui ; tu
lui diras qu'elle m'a toujours préservée de tout danger, et
que c'est demain qu'elle doit m'être le plus utile. J'ai encore un service à te demander : je pars avec mon père pour
aller à sa maison de campagne qui n'est qu'à une demi-lieue
du champ de bataille ; promets-moi d'y venir sur-le-champ
m'apprendre l'événement du combat. Si Timbrio est vainqueur, mets à ton bras cette écharpe blanche ; je la verrai
de loin, tu m'épargneras des tourments : s'il succombe, je
n'aurai plus besoin de toi.

Je promis tout, et je courus porter la relique à Timbrio.
Sa fierté, sa valeur, en furent doublées : il la baisa, la mit
sur son cœur, et, sûr d'être invincible, il eût défié l'univers.

Enfin le moment arriva : toute la ville de Naples s'étoit
rendue sur le champ de bataille. Pransile et Timbrio se
présentent :

présentent: ils choisissent pour armes l'épée et le poignard.
La barrière s'ouvre, les trompettes sonnent, les deux ennemis s'élancent.

Le combat fut long-tems égal. Pransile étoit adroit et
vaillant: il blesse Timbrio, et la victoire balance toujours.
Enfin l'amour eut l'avantage: Timbrio atteint Pransile,
et le renverse à ses pieds. Mon généreux ami jette son épée,
et court à son secours : Pransile s'avoue vaincu ; tous les
spectateurs applaudissent.

L'affreuse incertitude où j'avois été si long-tems, la douleur que m'avoit causée la blessure de Timbrio, la joie de
sa victoire, tout m'avoit tellement troublé que j'oubliai
l'écharpe blanche, et je volai sans elle annoncer notre
bonheur à Nisida. Hélas! à mesure que l'instant fatal ap-
prochoit, la fièvre brûlante avoit redoublé dans ses veines.
Malgré sa foiblesse, elle s'étoit traînée aux fenêtres les plus
élevées de sa maison ; là, soutenue par ses femmes, les
yeux fixés sur le chemin, elle attendoit la vie ou la mort:
elle m'apperçoit, ne voit pas l'écharpe, et tombe sans
mouvement dans les bras de sa sœur.

J'arrive ; toute la maison étoit en larmes : je pénètre
jusqu'à Nisida ; on lui prodiguoit des secours inutiles ; rien
ne pouvoit la ranimer. Je vois ses yeux fermés, sa bouche
ouverte, ses lèvres pâles : c'est alors que je me rappelle
mon funeste oubli. Égaré par mon désespoir, je sors de

K

cette maison; je n'ose plus aller retrouver un ami à qui je
suis sûr de donner la mort. Incertain, furieux, désolé, je
prends le premier chemin que je trouve. A peine avois-je
fait quelques pas, que je m'entends appeller à grands cris:
je me retourne; c'étoit Félix, le page de Timbrio. Mon
maître vous attend, me dit-il; venez vîte le trouver. Je ne
peux plus revoir ton maître, lui répondis-je; Nisida est
morte, et c'est moi qui l'ai tuée. En prononçant ces mots,
je m'éloigne précipitamment. J'arrive à Gaïette : un vaisseau alloit mettre à la voile pour l'Espagne; je m'embarque,
et je reviens dans ma patrie, où j'ai pris cet habit que je
ne veux plus quitter.

Voilà, bergers, le récit de mes malheurs. J'avois espéré
de trouver la paix dans cet hermitage; je n'y trouve que
la solitude. En vain je m'efforce de tourner mon ame vers
le grand objet qui devroit l'occuper toute entière; le souvenir de ce que j'ai perdu me poursuit à chaque instant.
Je me dis tous les jours qu'il faut oublier Nisida et Timbrio; et tous les jours je les pleure.

Les bergers ne tentèrent pas de consoler l'hermite; mais
ils s'affligèrent avec lui. La nuit étoit avancée, et la lune
au plus haut de son cours; ils quittèrent l'hermitage, et
furent bientôt rendus à la cabane d'Élicio. Là, ils se cou-
chèrent sur des peaux de chèvres, et dès qu'Élicio vit ses
trois compagnons endormis, il se leva, et sortit pour
exécuter un projet qu'il avoit médité tout le jour.

Devant la porte de la cabane d'Élicio étoit un beau
cerisier, dont le berger avoit toujours pris soin, et qui
alors étoit couvert des plus belles cerises du pays. Pendant
un certain tems de l'année, ce bel arbre, encore tout jeune,
et dont la tige étoit mince, suffisoit cependant pour nourrir
son possesseur. Deux tourterelles blanches l'avoient choisi
pour y faire leur nid; elles l'avoient placé tout au haut,
dans une fourche formée par quatre branches. Élicio regardoit comme un heureux présage que des tourterelles
vinssent nicher près de sa cabane; bien loin de les troubler,
il portoit sous le cerisier des épis de bled, de la graine de
chanvre, et même de la laine pour que les tourterelles en
garnissent le dedans du nid, et que leurs petits fussent
couchés plus mollement.

Tandis qu'Élicio étoit à la noce de Silvérie, un pâtre
de Mœris vint tendre ses filets auprès du cerisier, prit les
deux tourterelles, et les porta sur-le-champ à la fille de
son maître. C'étoient les mêmes que Galatée avoit laissé
échapper. Élicio, qui les reconnut, avoit promis à sa bergère qu'elles reviendroient la trouver; il voulut tenir sa
parole. Il sort de sa cabane pour saisir pendant leur sommeil
le père et la mère, et les mettre dans une cage avec leurs
petits. A l'aide d'une échelle qu'il appuie contre le chaume
de sa maison, il monte à la hauteur de la branche, avance
le corps, écarte doucement les feuilles, et voit à la clarté
de la lune les deux tourterelles dans le nid, la tête sous

une aile, et l'autre aile un peu déployée pour mieux couvrir
leurs petits: elles ne se réveilloient pas. Il ne tenoit qu'à
Élicio de les prendre; jamais il n'en eut le courage: Non,
dit-il, charmants oiseaux, vous ne serez point privés de la
liberté; vous appartiendrez à ma bergère, mais sans être
esclaves; et vous vivrez toujours près d'elle, quoique
libres de vivre ailleurs. Il descend promptement de l'échelle;
il court chercher une bêche, et revient au cerisier: il
creuse un fossé tout autour; et lorsque l'arbre, sur sa motte,
ne tient plus que par sa base au milieu de ce fossé, il appuie horizontalement le tranchant de sa bêche, l'enfonce
avec précaution, et, sans effort, sans ébranler l'arbre,
il le détache, avec sa motte, de la terre. Alors il le
prend dans ses bras, se relève doucement, sort du fossé
sans secousse; et, d'un pas lent, mais sûr, qui agite à peine
les branches de l'arbre, il gagne la maison de Galatée.

La chambre où couchoit la bergère avoit une fenêtre qui
donnoit sur les champs; c'est devant cette fenêtre que
s'arrête Élicio. Il dépose doucement à terre le cerisier;
l'arbre se tient debout, tant le berger a mis d'adresse à
l'enlever. Élicio, qui avoit pris soin d'attacher sa bêche
sur ses épaules, fait une fosse, y place le beau cerisier,
et le tourne de manière que le nid se trouve devant la
fenêtre, et qu'en étendant la main Galatée puisse caresser
les petits tourtereaux. Content de son ouvrage, il regarde
s'il n'a pas trop effrayé les tourterelles; elles n'avoient été

que réveillées. Élicio distingua leurs têtes, qu'elles alon-
geoient par-dessus la mousse du nid. Pardonnez, leur dit-il,
pardonnez-moi, tendres colombes, si j'ai troublé votre
sommeil ; c'est pour votre bonheur autant que pour le mien :
vous êtes à Galatée. Dès qu'elle ouvrira sa fenêtre, volez
sur son épaule, béquetez ses beaux cheveux blonds ; ap-
prenez à vos petits à aimer, à caresser votre maîtresse :
quand je vous saurai près d'elle, je ne vous regretterai
pas. Mais si jamais un rival se présentoit à cette fenêtre,
ah ! fuyez, oiseaux constants, venez me retrouver, venez
gémir sur ma cabane ; vous n'aurez pas long-tems à vous
plaindre avec moi.

L'aurore commençoit à paroître, et l'hirondelle gazouil-
loit déjà sur la cheminée de Galatée, quand Élicio reprit
sa bêche, et regagna sa chaumière. Il n'étoit pas encore
bien loin, qu'il entendit marcher derrière lui : il regarde ;
c'étoit Mœris, le père de Galatée. Élicio eut peur, comme
s'il eût été coupable. Mœris le rassura bientôt ; et sans lui
demander pourquoi il étoit au village de si bon matin,
J'allois chez toi, lui dit-il, pour te confier un secret, et te
demander un service qui intéresse ma fille. Le berger, plein
de joie, lui baisa les mains avec transport : ils entrèrent
ensemble dans un petit bois de myrtes qui n'étoit pas éloigné du chemin.

FIN DU LIVRE SECOND.

LIVRE III.

Nous nous plaignons toujours des maux sans nombre de cette courte vie ; et c'est de nous-mêmes que viennent presque tous ces maux. La soif de l'or, voilà le principe des crimes et des malheurs. Le créateur du monde l'avoit prévu : il cacha ce funeste métal dans les entrailles de la terre ; et, non content de combler le précipice, il le couvrit de fleurs, de fruits, de tout ce qui devoit suffire à l'homme pour ses besoins et ses plaisirs. L'insatiable avarice n'eut pas assez de tant de bienfaits ; elle pénétra dans ces abîmes à force de travaux et de périls ; elle arracha l'or aux enfers, et découvrit aux humains la source de tous les vices. Hélas ! qui a le plus souffert de cette fatale découverte ? l'amour. Un cœur sensible ne suffit plus pour avoir le droit d'aimer : si l'on veut obtenir celle que l'on rendroit heureuse, il faut des preuves de richesse, et non des preuves de constance. L'amant sans fortune peut être aimable, mais ne peut être heureux : plus il est fidèle, plus il est à plaindre ; les tourments et le désespoir sont le partage de sa vie. Que faut-il donc faire quand on est pauvre et sensible ? Ne pas aimer. Ah ! c'est encore pis.

Élicio n'avoit pas fait toutes ces réflexions quand il s'étoit attaché à Galatée : ou peut-être les avoit-il faites ; car de quoi servent les réflexions en amour ? On prévoit les

chagrins, on s'y expose; ils arrivent, et sont aussi douloureux que s'ils étoient inattendus.

Érastre, Tircis et Damon furent surpris à leur réveil de
ne pas trouver Élicio. Le soleil avoit déjà fait près de la
moitié de son cours: inquiet de ne pas le voir de retour, ils
allèrent le chercher au village. Comme ils traversoient le
petit bois de myrtes, ils entendirent la voix de leur ami.
Attentifs et curieux, ils s'arrêtèrent pour écouter. Élicio
chantoit ces paroles :

> J'aimois une jeune bergère,
> Mon amour faisoit mon bonheur;
> Je croyois posséder le cœur
> De celle qui m'étoit si chère.
>   Hélas! pour un autre amant
>   Elle trahit mon espérance;
> Et j'aime mieux pleurer son inconstance
>   Que d'être heureux en l'oubliant.
>
> J'étois encore enfant comme elle,
> Quand l'amour fit naître mes feux;
> Mon cœur, pour en être amoureux,
> N'attendit pas qu'elle fût belle.
>   Hélas! pour un autre amant
>   Elle trahit mon espérance;
> Et j'aime mieux pleurer son inconstance
>   Que d'être heureux en l'oubliant.

Les

Les bergers, allarmés par ces tendres plaintes, coururent vers Élicio : ils le trouvèrent assis au pied d'un hêtre, le visage baigné de larmes. A peine il les apperçut, que, se levant précipitamment, il vint se jetter au cou d'Érastre : Mon ami, lui dit-il, nous allons perdre Galatée; elle nous quitte pour jamais. Écoutez, ajouta-t-il en regardant Tircis et Damon, le funeste secret que Mœris m'a confié ce matin ; je vais vous rapporter ses propres paroles.

Élicio, m'a-t-il dit, je dois reconnoître l'attachement que tu m'as toujours marqué, en t'instruisant le premier du mariage de ma fille. Je l'ai conclu hier : elle épouse un riche Portugais dont les immenses troupeaux couvrent les bords du Lima. Quatre bergers, envoyés par ce futur époux, viennent d'arriver chez moi, et partiront demain avec Galatée. Je sais que tu t'intéresses à ma fille comme si tu étois son frère; et je t'ai choisi, mon cher Élicio, pour te prier de l'accompagner en Portugal, d'être présent à ses noces, et de venir me rapporter des nouvelles certaines de son bonheur.

Malgré le trouble où m'a mis ce discours, j'ai retrouvé ma voix pour y répondre. Comment! lui ai-je dit, vous avez pu consentir à vous séparer de votre fille! vous avez pu la condamner à vivre loin de son père et de sa patrie! Êtes-vous certain de ne pas faire son malheur en l'exilant dans un pays étranger? Pensez-vous qu'elle ne regrette pas...

L

J'ai sondé le cœur de ma fille, interrompit Mœris ; je l'ai
instruite de mes résolutions : elle m'a répondu, avec sa
douceur ordinaire, qu'elle seroit toujours prête à m'obéir.
J'ai même démêlé sur son visage une légère émotion, marque
certaine de cette joie qu'éprouve la fille la plus sage en apprenant qu'elle va se marier. Ne sois donc pas inquiet de
son bonheur, et va te préparer au voyage que j'attends
de ton amitié. Voilà, mes amis, ce que m'a dit Mœris ;
voilà l'événement que je craignois plus que la mort.

Tircis, Damon, et sur-tout Érastre, s'affligèrent avec
Élicio. Mais, lui dit Damon, puisque Mœris vous estime
et vous aime, pourquoi n'avez-vous pas tenté de lui faire
l'aveu de votre amour ? Vous ne le connoissez pas comme
moi, lui répondit Élicio ; il a déclaré qu'il vouloit que son
gendre eût autant de biens que sa fille. Si j'avois osé parler,
il auroit cru que j'aimois sa fortune ; et son amitié pour
moi se seroit changée en mépris. Mœris est trop riche pour
n'être pas défiant ; je suis trop pauvre pour être hardi.

Mon ami, lui dit Tircis, ne perdez pas toute espérance :
allons trouver Galatée ; allons savoir d'elle-même s'il est
vrai qu'elle consent à épouser ce Portugais : et si, comme
je le crois, il lui en coûte pour obéir à son père, nous
tâcherons de rompre ce funeste mariage. L'amour et l'a-
mitié nous inspireront : seuls ils ont fait des miracles ; que
ne feront-ils point réunis ?

Élicio suivit le conseil de Tircis. Les quatre bergers prirent le chemin de la fontaine des Ardoises, où Galatée se reposoit souvent. Ils espéroient l'y trouver : leur attente ne fut pas trompée. La bergère étoit assise au bord de l'eau, et plongée dans une si profonde rêverie, qu'elle n'apperçut point les bergers. Ses yeux humides regardoient la fontaine; son front étoit appuyé sur une de ses mains, et de l'autre elle caressoit le chien d'Élicio, ce chien qui, depuis si long-tems, étoit plus souvent avec elle qu'avec son maître. Le fidèle animal, couché aux pieds de Galatée, avoit la tête appuyée sur les genoux de la bergère, les yeux fixés sur les siens; et son air inquiet et reconnoissant sembloit lui demander pourquoi, ce jour-là, il étoit caressé plus qu'à l'ordinaire. Élicio fit arrêter ses compagnons pour jouir de ce spectacle : une douce satisfaction remplaçoit déjà la douleur peinte sur son visage. Galatée, qui se croyoit seule avec le chien, se mit à chanter ces paroles :

O toi qui suis toujours mes pas,
Toi, le compagnon de ma vie,
Tu vas perdre ta bonne amie;
Elle quitte ces beaux climats.

Une obéissance cruelle
M'arrache à ces prés, à ces bois,
Où j'entendis souvent la voix
D'un amant comme toi fidèle.

L 2

Aimable chien, viens avec moi :
Toujours seule avec ma pensée,
De ma félicité passée
Il ne me restera que toi.

Quitte ton maître pour me suivre ;
Tu reviendras au premier jour :
Il apprendra par ton retour
Que loin de lui je n'ai pu vivre.

Les larmes que versoit Galatée ne lui permirent pas de poursuivre. Élicio pleuroit aussi ; mais c'étoit de joie. Il n'est plus maître de son transport : il court vers la bergère, tombe à genoux devant elle, et saisit une de ses mains qu'il presse contre ses lèvres. Galatée, surprise, fait de vains efforts pour la retirer : elle s'apperçoit que d'autres bergers la regardent, elle veut se fâcher ; elle ne le peut pas : elle veut fuir ; le chien l'en empêche : il tourne autour d'elle en sautant ; il les caresse tous deux à la fois ; on diroit qu'il jouit du bonheur qu'il vient de procurer à son maître.

Tircis, Damon, Érastre même, étoient attendris et n'osoient approcher des deux amants. Galatée les appelle, fait relever Élicio ; et s'efforçant de dérober ses larmes : Je ne prétends plus, leur dit-elle, cacher un secret que mon imprudence a trahi. Oui, je regrette ma patrie ; j'y laisse peut-être mon cœur : mais je n'en suis que plus résolue à

obéir à mon père; ce devoir sacré l'emportera sur tout. Je
vous conjure de ne pas redoubler par vos plaintes une douleur qui seroit inutile, et sur-tout de ne pas troubler une
solitude devenue nécessaire après un tel aveu. A ces mots,
elle s'éloigne, laissant les quatre bergers interdits. Le chien
d'Élicio fut le seul qui osa la suivre : elle s'en apperçut,
et voulut l'en empêcher en le menaçant de sa houlette; mais
le chien s'offrit à ses coups, et la pauvre Galatée ne put
jamais venir à bout ni de le battre ni de le chasser.

Les quatre amis, restés ensemble, tinrent conseil sur
les moyens de rompre ce fatal mariage. Tircis étoit d'avis
de rassembler les bergers de la contrée, et de venir tous
ensemble supplier Mœris de ne pas leur enlever le trésor
dont ils étoient si fiers. Damon vouloit aller en Portugal
menacer le futur époux, et l'effrayer de manière qu'il re-
nonçat lui-même à Galatée. Élicio inclinoit vers ce parti.
Érastre, la main sur ses yeux, ne disoit rien, et pleuroit :
Non, mes amis, s'écria-t-il en essuyant ses larmes, tous
ces moyens ne serviront qu'à irriter Mœris. J'ai un projet
qui rendra tout le monde heureux, excepté moi; c'est à
celui-là que je m'arrête, et de ce pas je vais l'exécuter.
En disant ces paroles il embrasse Élicio, et s'éloigne.

Les bergers, qui comptoient peu sur l'invention d'un
homme aussi simple qu'Érastre, se proposèrent d'aller
consulter l'hermite Fabian. Déjà ils étoient en chemin lorsqu'ils rencontrèrent un cavalier superbement habillé, monté

sur un magnifique cheval, et suivi de deux dames sur des haquenées. Une troupe nombreuse de valets prouvoit que c'étoient des personnes de distinction. Les bergers les saluèrent en passant; et l'inconnu, leur rendant le salut, arrêta Élicio : Voudriez-vous bien, lui dit-il, nous indiquer dans ces forêts un lieu commode pour y passer quelques heures? Les dames que vous voyez sont fatiguées de la chaleur et de la route, et voudroient se reposer ici. Élicio, qui s'oublioit toujours pour penser aux autres, les conduisit à la fontaine des Ardoises, qui n'étoit qu'à deux pas. Dès qu'ils y furent arrivés, leurs valets dressèrent une table qui fut bientôt couverte de rafraîchissements. Les deux dames, assises sur l'herbe, levèrent leurs voiles, et surprirent Tircis et Damon par l'éclat de leur beauté. L'aînée de ces deux inconnues l'emportoit encore sur la plus jeune; mais peut-être ne devoit-elle cet avantage qu'à la profonde tristesse qui sembloit obscurcir les attraits de sa cadette.

Élicio pressoit ses compagnons de reprendre le chemin de l'hermitage; le cavalier les retint : laissez-moi jouir, leur dit-il, du bonheur de vous avoir rencontrés; je voudrois ne vivre qu'avec des bergers. Quelle différence de votre heureux sort à celui des habitants des villes! La nature vous donne pour rien tous les plaisirs dont nous achetons l'image : l'oisiveté avance nos jours; le travail prolonge les vôtres : l'ennui, le mensonge, la gêne, voilà notre vie; la joie, la franchise, la liberté, voilà la vôtre. Ah! dès demain je me fais berger si Nisida veut devenir bergère.

Au nom de Nisida, Élicio regarda les deux dames avec
un air de surprise et d'intérêt qui fut remarqué du Cavalier.
Pardonnez, lui dit Élicio, si le nom de Nisida me fait
une impression si vive; il n'y a pas long-tems qu'un de
nos amis versoit bien des larmes en nous parlant de Nisida.
Avez-vous, reprit l'inconnu, quelque bergère qui s'appelle
ainsi? = Non. Celle dont il étoit question n'est pas bergère :
elle n'est pas même de ces contrées; Naples est sa patrie.
= Naples!... Eh! comment savez-vous... = Je vous l'ex-
pliquerai : dites-moi d'abord si vous ne vous appelez pas
Timbrio, et si cette jeune personne n'est pas Blanche, sœur
cadette de Nisida. = Vous avez dit leurs noms. = Ah!
Fabian, quel jour heureux pour toi! = Vous connoissez
Fabian! = Est-il ici? s'écria Blanche : et sa pâleur fut
à l'instant effacée par le plus vif incarnat.

Oui, lui dit Élicio, il est ici; et le chagrin de vous avoir
perdus alloit terminer une vie qu'il a consacrée à la péni-
tence. Fabian est hermite; son hermitage n'est pas loin.
Courons l'embrasser, s'écria Timbrio. Blanche étoit
debout, et marchoit déjà sans savoir le chemin qu'il falloit
prendre. Nisida s'appuie sur le bras de son amant; et Tircis,
Damon et Élicio les guide vers l'hermitage.

Il étoit presque nuit quand ils arrivèrent au pied de la
colline. Timbrio, Nisida, et sur-tout la jeune Blanche,
montèrent le sentier sans reprendre haleine. Parvenus à la

porte de l'hermitage, ils la trouvent ouverte; ils regardent, et ne voient personne dans la cellule. Inquiets de ne pas trouver l'hermite, ils alloient l'appeller, et parcourir la montagne. Le prudent Tircis les arrête : Fabian, leur dit-il, est sûrement près d'ici; mais ce malheureux ami, qui n'espère plus vous voir, qui vous pleure sans cesse, va mourir de sa joie si vous vous offrez tout d'un coup à lui. Ménagez-le, contenez vos transports; et trouvons un moyen de préparer son ame à un plaisir qu'elle ne soutiendroit pas. Tout le monde approuve l'avis de Tircis : on décide qu'il faut envoyer les bergers au-devant de Fabian pour lui annoncer avec précaution les tendres amis qu'il va revoir.

Pendant que l'on se consultoit, Blanche considéroit à la clarté de la lune l'intérieur de la cellule. Une natte de jonc, une escabelle, un crucifix de buis, c'étoient tous les meubles de Fabian; Blanche les examine long-tems, puis elle va se mettre à genoux devant le crucifix, et remercie tout bas le ciel de l'avoir conduite dans cet hermitage.

Timbrio et les bergers la regardoient avec attendrissement, lorsque des soupirs et des plaintes leur apprennent que Fabian n'est pas loin. Tout le monde s'approche : on apperçoit l'hermite sous un olivier sauvage, à genoux sur un quartier de roc, les bras tendus vers le ciel. A cette vue les deux sœurs et Timbrio veulent se précipiter dans ses bras; Tircis ne peut les retenir : mais Fabian commence sa prière,

prière, et tous s'arrêtent pour l'entendre. Nisida et Timbrio restent les bras tendus ; Blanche , respirant à peine , avance sa tête par-dessus leurs épaules , et essuie à chaque instant les pleurs qui l'empêchoient de bien voir son ami.

O mon Dieu ! disoit Fabian, Être suprême que je veux aimer uniquement, vous qui remplissez le monde, et qui devez remplir mon cœur, ne vous offensez pas de mes larmes : j'ai tout perdu ; je n'ai pas murmuré. O mon Dieu ! calmez les maux que je souffre ; mais ne m'arrachez pas entièrement le souvenir de mes malheurs.

Aux premiers mots de Fabian, Blanche pleuroit ; elle sanglottoit aux derniers. Tircis craignant qu'elle ne fût entendue , dit à Damon d'aller avec Elicio interrompre l'hermite , tandis qu'il resteroit avec les deux sœurs et Timbrio pour les empêcher de se montrer.

Les deux bergers obéirent. Fabian les reçut avec amitié. Vous vous plaignez toujours, lui dit Elicio, et vos malheurs touchent peut-être à leur terme. Vous les connoissez, répondit l'hermite, jugez s'ils peuvent finir. = Oui, sans doute ; Nisida vit encore : elle est, avec sa sœur et Timbrio, occupée de vous chercher par toute l'Espagne. Quelqu'un les a rencontrés. = Que dites-vous ? Est-il bien sûr que ce soit mon ami, que ce soient les deux sœurs ?... Ah ! ne vous jouez pas d'un malheureux : vous aviez paru prendre pitié

M

de mes maux; ne venez pas les aigrir en m'abusant d'un faux espoir.

Comme il disoit ces paroles, Tircis, pour préparer une si tendre reconnoissance, dit à Nisida de chanter de l'endroit où elle étoit, sans s'offrir encore aux yeux de l'hermite. Nisida suivit son conseil, et commença ce premier couplet d'une chanson que Fabian avoit faite autrefois :

Amitié, reprends ton empire
Sur l'aveugle dieu des amants :
Dans la jeunesse il peut suffire ;
Tu rends heureux dans tous les tems.
Il fait naître une vive flamme ;
Tu formes un tendre lien :
Il n'est que le plaisir de l'ame ;
Et toi seule en es le soutien.

Fabian parloit encore, lorsque la voix de Nisida vint frapper son oreille. Il s'arrête, il écoute, il reste immobile, les yeux fixes et la bouche ouverte : ensuite, regardant d'un air égaré, sa raison l'abandonne, la terreur se peint sur son visage ; il prend les deux bergers pour des fantômes, et les considère avec effroi. Cependant la voix continue, et vient retentir au fond de son ame : peu-à-peu sa crainte se dissipe ; ses traits, ses yeux, reprennent leur douceur : il revient à lui, s'élance comme un trait vers l'endroit d'où partoit la voix; il arrive, regarde, et tombe sans mouvement dans les bras de son ami.

Nisida et Timbrio appellent : les bergers accourent; on s'empresse, on cherche à le ranimer. Blanche avoit déjà couru chercher de l'eau dans la cellule, elle en jetté sur son visage, elle serre ses mains dans les siennes. L'hermite reprend ses sens; il ouvre les yeux, il doute encore de son bonheur : Est-ce bien toi? dit-il à Timbrio ; est-ce toi que j'ai tant pleuré? = Oui, c'est moi; c'est ton ami, celui qui te doit la vie. Ils s'embrassent, ils confondent leurs larmes, ils restent long-tems serrés l'un contre l'autre. Plus de chagrin, lui dit Timbrio, nous sommes tous réunis : voici Nisida ta bonne amie; voilà Blanche, qui alloit mourir si nous ne t'avions pas trouvé : que te faut-il encore? Ah! rien, répond l'hermite en souriant et pleurant à la fois. Blanche et Nisida lui tendent les bras. Fabian veut parler; mais il fait de vains efforts : il prend les mains des deux sœurs, les joint toutes deux sur sa poitrine, et tombe à genoux en sanglottant.

Cette scène attendrissante dura quelques moments encore. Fabian conduisit ses amis dans sa cellule, et leur fit le détail de tout ce qui lui étoit arrivé depuis leur séparation. Ce récit fut court : le prudent Fabian, toujours victime de l'amitié, parla de son amour pour Blanche, comme du sentiment qui l'avoit le plus occupé pendant sa solitude. Blanche, transportée, n'osoit rien dire; mais elle embrassoit sa sœur.

L'hermite supplia son ami de lui raconter à son tour ses aventures depuis le moment où, pour aller porter la nouvelle de sa victoire à Nisida, il l'avoit laissé sur le champ de bataille. Les bergers se joignirent à Fabian pour demander ce récit : Timbrio ne se fit pas presser.

Après mon combat avec Pransile, impatient de revoir Fabian, j'envoyai mon page à la maison de campagne de Nisida: il en revint tout effrayé, et m'annonça la mort de ma maîtresse, et la fuite de mon ami. Frappé comme d'un coup de foudre, je partis sur-le-champ pour aller m'informer moi-même de tous mes malheurs. Arrivé à cette maison de campagne, ni mes instances, ni mes présents, ne purent m'en ouvrir l'entrée; et les discours et les pleurs des domestiques me confirmèrent la mort de Nisida. Je ne vous dirai point ce que je devins dans ce moment; on ne meurt point de douleur, puisque je n'expirai pas sur l'heure. Malgré mon désespoir, je me souvins qu'il me restoit un ami; et, tout blessé que j'étois, je suivis sa trace jusqu'à Gaïette. Quand j'arrivai dans cette ville, Fabian venoit de s'embarquer. Je fus forcé d'attendre le départ d'un navire catalan qui devoit retourner dans quelques jours à Barcelone. Le capitaine me reçut sur son bord, et mes larmes redoublèrent en quittant cette Italie où j'avois perdu le plus cher objet de mon cœur.

Le vent, qui d'abord nous étoit favorable, diminua tout d'un coup; et notre vaisseau, peu éloigné du port, fut presque arrêté par le calme : j'aurois vu la tempête avec plus de joie. Sans cesse occupé de mes maux, toujours pleurant ma Nisida, je demandois au ciel la mort ou mon ami. Les seuls moments que je trouvois moins amers étoient ceux où je chantois sur un luth qui appartenoit à un passager.

Le second jour de notre départ, au moment où l'aurore commençoit à teindre l'horison, j'étois assis sur la poupe, et je considérois cette vaste mer dont les flots tranquilles réfléchissoient les étoiles prêtes à disparoître. Tout reposoit autour de moi : les officiers, les matelots, étoient livrés au sommeil ; le pilote même dormoit sur son gouvernail : les voiles étoient pliées ; on n'entendoit que le bruit de la proue du vaisseau qui fendoit doucement les ondes. Ce profond silence, ce grand spectacle de la mer et du ciel, cette aurore qui venoit lentement réveiller les malheureux, tout me retraçoit plus vivement mes peines : je pris mon luth, et je chantai ces paroles :

Tout se tait, tout est calme et dans l'air et sur l'onde,
L'on n'entend que le bruit des ailes du zéphyr :
Tout dort autour de moi dans une paix profonde ;
   Moi seul je veille pour souffrir. (1)

(1) *Agora que calla el viento,*
   Y el sesgo mar está en calma,
   No se calle mi tormento.

Déjà vers l'orient, sur un char de lumière,
L'aurore à l'univers annonce un jour nouveau :
Ce jour est un bienfait pour la nature entière;
    Pour moi seul il est un fardeau.

Sous le poids des chagrins je sens que je succombe :
Nisida, cher objet d'amour et de douleur,
Nisida, tu n'es plus; la pierre d'une tombe
    Enferme ton corps et mon cœur.

J'en étois à ce dernier vers, lorsque j'entends un bruit de rames qui sembloit s'approcher du vaisseau. J'écoute, je regarde; les premiers rayons du jour me font distinguer une barque : elle venoit droit à nous, et les efforts de quatre rameurs la faisoient voler sur la mer. La barque approche; une femme s'avance sur le bord : Au nom du ciel, me cria-t-elle, daignez me dire si votre vaisseau n'est pas le navire catalan parti depuis deux jours de Gaïette. Jugez de ma surprise; c'étoit la voix de Blanche, de la sœur de ma Nisida... Ah! ma sœur, m'écriai-je.... et je me précipite à la corde du vaisseau. Je descends, j'arrive dans la barque, je cours pour me jetter dans les bras de Blanche, je me trouve dans ceux de Nisida.

Je pensai mourir de ma joie : immobile et muet, je ne pouvois proférer une seule parole. Nisida me parloit, me rassuroit; je la regardois, en tremblant que ce ne fût un songe, et que le réveil ne m'enlevât mon bonheur.

Revenu de ce premier ravissement, je m'occupai de faire monter dans le vaisseau la tendre Nisida et son aimable sœur. Elles étoient toutes deux en habit de pélerines : mais le capitaine, instruit par moi, les reçut avec le respect qu'il devoit à leur naissance. Ce fut alors que j'appris de Blanche comment l'oubli de l'écharpe avoit causé à sa sœur, presque mourante, un évanouissement si profond que tout le monde la crut morte. Elle ne reprit ses sens qu'au bout de huit heures ; et, apprenant à la fois ma victoire sur Pransile, mon erreur, mon désespoir, et notre fuite, elle résolut, avec sa sœur, de tout quitter pour nous suivre. Malgré ses maux, malgré sa foiblesse, elle voulut partir, et Blanche disposa tout pour leur fuite. Elles avoient de l'or et des pierreries ; tout fut prodigué pour s'échapper de la maison paternelle. Un domestique gagné leur amena une litière au milieu de la nuit ; et les deux sœurs, munies de leurs dia- mants, et déguisées en pélerines, prirent la route de Gaïette, où elles savoient que je m'étois rendu. Elles y arrivèrent deux heures après le départ du navire. A force d'argent elles trouvèrent des rameurs qui essayèrent de nous rejoindre : le calme survenu seconda leurs efforts ; et l'amour, qui protégeoit sans doute ces aimables sœurs, les fit arriver sans accident jusqu'à notre vaisseau.

Je retrouvois Nisida : mais tu nous manquois, mon cher, Fabian, et c'étoit payer bien cher la faveur que nous faisoit la fortune. Blanche le sentoit aussi-bien que moi. Ton

absence fut du moins le seul malheur dont nous eûmes à
gémir. Après une heureuse navigation, nous arrivâmes à
Barcelone : nous espérions y trouver de tes nouvelles; mais
nos recherches furent vaines. Blanche fut la première à
dire qu'il falloit parcourir toute l'Espagne, et ne s'arrêter
que lorsque nous t'aurions trouvé : elle étoit bien sûre que
cet avis seroit suivi. Nous résolûmes d'aller d'abord à
Tolède, où sont établis des parents de Nisida. Mais, avant
tout, nous écrivîmes à son père pour l'instruire de nos
aventures, et lui demander la permission de nous marier à
Tolède : il a répondu selon nos desirs; et nous étions en
route pour cette ville, nous informant par-tout de Fabian,
quand notre bonheur nous a conduits ici,

Telle fut l'histoire de Timbrio. Dès qu'il eut cessé de
parler, l'hermite le prit en particulier; et le menant dans
un coin de sa cellule, il lui dit d'une voix timide : Est-ce
que je n'irai pas à Tolède? Timbrio, surpris de sa question,
le regarde : Fabian baisse les yeux, et laisse échapper
quelques larmes. Son ami le serre dans ses bras : il faut bien,
lui répond-il, que tu viennes à Tolède pour épouser ta
chère Blanche : elle t'adore; elle n'a pas été un seul instant
sans penser à toi. Tu l'aimes toujours, n'est-il pas vrai ?
Plus que ma vie, reprit Fabian : mais je t'aime encore
davantage. Allons, ajouta-t-il en souriant, je quitterai cet
habit d'hermite, et tu m'en feras trouver un plus convenable
à un nouveau marié : mais, si tu m'en crois, quand nous
serons

serons les époux de ces deux charmantes sœurs, nous reviendrons ici vivre avec ces bons bergers qui nous aiment,
et qui méritent que nous les aimions. J'en avois déjà formé
le projet, reprit Timbrio : je suis fatigué du monde ; et je
veux finir ma vie dans ces bois, entre ma femme et mon
ami. Après cette conversation, ils vinrent en rendre compte
aux deux sœurs et aux bergers : tout le monde applaudit à
leur dessein.

Cependant la nuit étoit avancée. Élicio conseilloit de
gagner promptement le village. Je n'ai point de maison à
vous offrir, dit-il aux quatre amants ; mais je vais vous
conduire à celle de Galatée : Mœris, son père, se fera un
honneur de vous recevoir.

Son avis est suivi : on se met en marche ; on double le
pas ; on arrive. Mœris alloit se mettre à table avec sa fille,
Florise, Téolinde, et les quatre bergers arrivés de Portugal
pour emmener le lendemain Galatée. On frappe à la porte,
les chiens aboient ; Mœris vient ouvrir lui-même. Élicio
lui demande l'hospitalité pour Nisida, Blanche, et les deux
amis. Le vieux berger, honoré de pareils hôtes, les accueille
avec respect : il appelle sa fille ; il fait ajouter au souper
tout ce qu'il a de meilleur ; et, les invitant à se mettre à
table, il s'excuse sur ce qu'ils n'étoient pas attendus.

Pendant le repas, Galatée s'efforçoit de n'être pas triste.
Élicio s'étoit placé le plus loin qu'il avoit pu des Portugais ;

N

il les regardoit avec colère, et ses yeux rencontroient quelquefois les yeux de Galatée. On sortit de table. Tous les convives allèrent prendre le frais sur des bancs de pierre qui étoient à la porte de la maison. Le vieux Mœris voulut conter à ses hôtes le brillant mariage qu'il avoit arrangé pour sa fille: il s'étendit avec complaisance sur les richesses de son gendre, richesses que les Portugais ne manquèrent pas d'exagérer. Les deux amis et les deux sœurs se croyoient obligés de féliciter Galatée: elle ne répondoit rien; et le malheureux Élicio dévoroit ses larmes. Tout-à-coup le son funèbre d'une trompette se fait entendre dans le village.

Mœris, ses hôtes, tous les habitants alarmés courent vers la grande place d'où sembloit venir le triste son. Ils apperçoivent quatre bergers vêtus de deuil, et couronnés de cyprès: deux portoient à la main des flambeaux allumés; les deux autres sonnoient de la trompette. Au milieu des quatre bergers étoit un ministre de l'Eternel, vêtu de ses habits sacerdotaux.

C'étoit le vénérable Salvador, le pasteur des bergers, celui qui les consoloit dans leurs peines, et qui remercioit le ciel de leur bonheur. Tout le village étoit sa famille, tous les orphelins ses enfants; depuis quarante années il remplissoit le sublime emploi de louer Dieu et de servir les hommes.

Bergers, s'écria-t-il , c'est demain le jour choisi dans
l'année pour honorer les cendres de nos frères dans la vallée
des tombeaux. Songez à ce devoir sacré ; et dès l'aurore
rendez-vous sur cette place , dans le triste appareil qui
convient à cette touchante cérémonie.

Après avoir prononcé ces mots d'une voix forte, Salvador
reprit le chemin de sa maison. Tout le monde convint de
se rassembler au point du jour pour remplir une obligation
si sainte. Mœris ne voulut pas que sa fille y manquât ; il
pria les Portugais de différer leur départ. Elicio en tressaillit
de joie ; Galatée en conçut une heureuse espérance.

Nisida, Blanche, Téolinde , les deux amis, demandèrent
aux habitants du village la permission de les suivre à la
vallée des tombeaux : on fut flatté de leur demande. Les
quatre Portugais sollicitèrent la même faveur : on les refusa
d'une voix unanime ; ils étoient odieux depuis que l'on
savoit qu'ils venoient chercher Galatée. Ils se retirèrent
pleins de dépit ; et tout le monde alla se livrer au
sommeil.

FIN DU TROISIÈME LIVRE.

cazenave sculp

LIVRE IV.

JE me livre à toi, douce mélancolie ; viens répandre sur mes derniers tableaux cette demi-teinte sombre qui plaît à tous les cœurs sensibles. Ne crains pas de les émouvoir : les larmes que tu fais couler sont aux ames tendres ce que la rosée est aux fleurs. Que les souvenirs que tu donnes sont attachants ! quel est l'amant éloigné de sa maîtresse, l'ami privé de son ami, la mère loin de son fils, qui ne te regarde pas comme son bien le plus cher ? Comme ils sont doux ces moments où, séparé du monde entier, seul avec son cœur et sa mémoire, on se recueille dans soi-même, ou plutôt dans l'objet aimé ! Qu'on a de plaisir à se rappeler toutes les époques de sa tendresse ! Le premier jour où l'on aima, le premier aveu qu'on en fit, l'air dont il fut écouté, les craintes, les soupçons, les querelles ; tout est présent, tout se retrace avec délices. On jouit de nouveau des plaisirs que l'on a goûtés : on jouit même des chagrins que l'on a soufferts. Si toute espérance est ravie, si l'impitoyable mort a moissonné l'objet de notre amour, les pleurs qu'on lui donne ont des charmes ; son souvenir laisse encore une impression de bonheur : on seroit peut-être plus à plaindre, si l'on pouvoit se consoler.

Ainsi pensoit le sage Salvador : il consacroit un jour de l'année aux larmes de la reconnoissance, de l'amour

et de l'amitié. Ce jour étoit arrivé. Salvador, revêtu de
ses plus tristes ornements, se rendit sur la grande place : il
vit bientôt paroître tous les habitants du village, couverts de crêpes, couronnés de cyprès, et portant des
houlettes garnies de rubans noirs. Salvador les rangea
lui-même ; et, séparant les bergers des bergères, il fit marcher
toute la troupe sur deux files.

Du côté droit, Nisida, Blanche, Téolinde, Florise,
et toutes les jeunes filles, s'avançoient sous la conduite
de Galatée. Du côté gauche, vis-à-vis d'elles, marchoient
Timbrio, Fabian, Damon, Tircis, tous les jeunes garçons,
ayant à leur tête Élicio. Le seul Érastre manquoit. Après
eux venoient les épouses, conduites par Silvérie ; et les
époux, menés par Daranio. Cette troupe d'heureux étoit
presque aussi belle que la première. Elle étoit suivie d'une
troisième moins brillante et plus respectable ; c'étoient les
veuves et les vieillards : ils étoient guidés par Mœris, et
par la mère d'Érastre. Leurs cheveux blancs n'avoient
point de couronnes : leurs mains tremblantes s'appuyoient
sur des bâtons noueux. Hélas ! c'étoit pour eux sur-tout
que la cérémonie étoit intéressante : ils alloient pleurer sur
la tombe d'un fils, d'une sœur, ou d'un époux.

Salvador fermoit la marche : il avoit choisi cette place
pour être plus près des plus malheureux. A ses côtés
huit beaux enfants, vêtus de robes de lin, et couronnés

de fleurs, portoient avec respect l'eau lustrale, l'encens
et le feu. Fiers de cet emploi, qui étoit la récompense
d'une année entière de sagesse , ils s'avançoient plus
gravement que les vieillards.

Pour arriver à la vallée des tombeaux , il falloit faire
à-peu-près une lieue toujours sur la rive du Tage, et
sous une voûte de verdure que formoit un double rang
de peupliers. Les bergers en silence marchoient sur un
gazon semé de fleurs humides encore de la rosée. Le soleil
commençoit à dorer la cime des montagnes , et annonçoit
un des plus beaux jours de l'été : le ciel étoit par-tout
d'azur ; un doux zéphyr agitoit les arbres , et berçoit
mollement les petits oiseaux dans leurs nids : l'alouette,
déjà perdue dans les airs , se faisoit entendre sans être
apperçue ; le rossignol , fatigué d'avoir chanté toute la
nuit, se ranimoit pour saluer le jour; la tourterelle et le
ramier répondoient par des plaintes au chant joyeux du
pivert : les fleurs exhaloient tous leurs parfums; les poissons
se jouoient sur les eaux du fleuve : toute la nature , au
moment de son réveil , sembloit remercier le Créateur
du nouveau bienfait qu'il lui accordoit.

Timbrio, Blanche et Nisida, peu accoutumés à ce spectacle ravissant, le contemploient avec surprise. L'entrée de
la vallée des tombeaux leur causa bientôt une nouvelle
admiration.

Sur la rive de ce beau fleuve, qui roule de l'or dans
son sein, est un espace d'un mille quarré, ceint de toutes
parts d'une chaîne de collines : on y pénètre par une
seule entrée. Ce long défilé est garni des deux côtés d'une
haie de cyprès plantés en amphithéâtre, et si serrés, que
leurs branches entrelacées forment un mur épais aussi
haut que les montagnes. Quelques rosiers, quelques jasmins
sauvages, parsèment de fleurs rouges et jaunes le verd
sombre de ces deux murailles. Jamais aucun troupeau
ne pénétra dans cet asyle ; jamais le bûcheron ne porta
la hache dans ce bois sacré. Un silence profond y règne :
l'on n'entend que le bruit de quelques sources qui des-
cendent sous le feuillage, se réunissent dans un lit de
mousse, et vont porter à quelques pas dans le Tage leurs
petits flots argentés.

À l'extrémité de cette avenue est un antique sapin
qui semble fermer la vallée. Sur son écorce sont gravées
ces paroles :

Passant, respecte cet asyle :
Si ton cœur est pervers, tremble d'y pénétrer ;
Mais, s'il est vertueux, marche d'un pas tranquille,
    À ces tombeaux tu peux pleurer.

Dans l'intérieur de la vallée, les mêmes cyprès règnent
alentour. Au milieu est une fontaine dont l'eau, toujours
                                        abondante,

abondante, arrose et nourrit le gazon. Quelques tombeaux sont épars çà et là, les uns déjà couverts par le lierre , les autres encore ornés de guirlandes; tous renferment la dépouille mortelle d'un être qui aima la vertu.

L'honneur d'être enterré dans cette belle vallée ne s'accordoit pas à tous les morts; c'étoit la récompense d'une vie irréprochable : le village assemblé l'adjugeoit.

Les bergers, parvenus à la fontaine, s'arrêtèrent; et Salvador éleva la voix : Séparez-vous, s'écria-t-il; vous vous rassemblerez près de moi quand la trompette sonnera. A ces mots, tout le monde se disperse; chaque veuve, chaque orphelin, court à la pierre qui couvre l'objet de ses larmes. Timbrio, Fabian, et les deux sœurs, ont perdu de vue Élicio ; ils parcourent la vallée en le cherchant.

Ils le découvrent bientôt à genoux devant le tombeau de sa mère: ses mains étoient jointes; ses yeux, baignés de pleurs, étoient tournés vers le ciel. O ma mère, disoit-il, vous êtes sûrement heureuse, puisque vous fûtes toujours bonne : veillez sur moi de votre céleste demeure; faites que j'aime la vertu autant que j'aimai ma mère. En prononçant ces mots il pressoit son visage sur la tombe, et ses larmes couloient le long de la pierre.

Les quatre amants l'écoutoient en silence; ils approchent,

O

et Timbrio prenant la main du berger : digne fils, lui dit-il,
vous pénétrez mon cœur de tendresse et de respect. Pro-
mettez-moi d'être mon ami ; et dès ce moment je renonce
au monde pour être berger avec vous, pour habiter, avec
Nisida, Blanche et Fabian, une cabane voisine de la vôtre.
Vous seriez trop près d'un malheureux, lui dit Élicio :
depuis que j'ai perdu ma mère un seul sentiment pouvoit
me faire aimer la vie, et demain je ne verrai plus celle
qui en est l'objet. Les deux sœurs, les deux amis, le pressèrent de s'expliquer davantage. Ce n'est pas ici le lieu de
vous parler de mes amours, reprit le berger ; quand nous
serons sortis de la vallée, je vous raconterai mes malheurs.

Il parloit encore ; la trompette sonna. Expliquez-nous,
demanda Timbrio, pourquoi Salvador nous rappelle. Pour
honorer, lui répondit Élicio, la cendre du dernier berger
que nous avons perdu. Ensuite nous entendrons l'histoire
de sa vie qui nous sera chantée par la plus sage de nos
bergères.

Ils se rendent à la fontaine : tout le monde y étoit ras-
semblé. Leur vénérable conducteur les guide vers un tombeau dont la pierre encore toute blanche portoit cette simple
épitaphe :

ICI REPOSE

UN BON FILS.

Salvador en fait trois fois le tour; il prononce les prières
accoutumées, brûle de l'encens, répand de l'eau lustrale:
ensuite il prend par la main Galatée, et lui donne le papier
où étoit écrite l'histoire de celui que l'on pleuroit. Une
rougeur modeste couvre le front de Galatée; elle se tient
debout près de la tombe, et tous les bergers l'écoutent en
silence.

Des bergers de notre village
Lisis fut le plus amoureux :
Louise reçut son hommage,
Et partagea bientôt ses feux.
Il la demande à sa famille;
Mais le père dit à Lisis :
Soyez riche autant que ma fille;
Je ne la donne qu'à ce prix.

Hors son amour et sa chaumière,
Le pauvre Lisis n'avoit rien :
La cabane étoit pour sa mère,
Et pour Louise l'autre bien.
Il part, il quitte sa patrie;
Il arrive au pays de l'or :
Là, par une honnête industrie,
Il amasse un petit trésor.

Lisis revint plein d'espérance,
Louise est fidèle, et l'attend :

Sa main sera la récompense
Des travaux d'un si tendre amant.
Il va posséder son amie :
Mais, la veille d'un jour si beau,
Par une affreuse maladie
Sa mère est au bord du Tombeau.

Lisis tremblant court à la ville :
Il ne songe plus aux amours :
Du médecin le plus habile
Lisis implore les secours.
Ma mère va m'être ravie,
Dit-il embrassant ses genoux :
Si votre art lui sauve la vie,
Ce que je possède est à vous.

Le médecin par sa science,
Rend la mère aux vœux de son fils :
Le trésor est sa récompense
Plus de Louise pour Lisis.
Un autre épouse la bergère :
Lisis le voit sans murmurer ;
Et, l'air content près de sa mère,
Il mourut, et n'osa pleurer.

Galatée vint reprendre sa place. Mes amis, s'écria Salvador, votre cœur vous parle bien mieux que je ne pourrois

vous parler. Vous pleurez tous d'attendrissement au récit
d'une bonne action : jugez quel doit être le plaisir de la
faire.

Après ce peu de mots, le vénérable pasteur fit sortir les
bergers de la vallée ; il rompit l'ordre de la marche, et tout
le monde se dispersa dans les belles campagnes qu'arrose
le Tage.

Les deux amis et les deux sœurs, qui n'avoient pas oublié
la promesse d'Élicio, prirent avec lui le chemin de la fontaine des Ardoises. Le malheureux berger leur raconta son
amour et le désespoir mortel que lui causoit le mariage de
Galatée. Fabian, Blanche et Nisida le consoloient : Timbrio
songeoit aux moyens de lui faire épouser sa maîtresse.

Derrière eux, et à peu de distance, Galatée, Florise,
Téolinde, Tircis et Damon, marchoient ensemble sans se
parler : la fille de Mœris pensoit que le lendemain étoit le
jour de son départ ; Florise formoit le projet de la suivre en
Portugal ; la triste Téolinde envioit le sort de celles qui
reposoient dans la vallée des tombeaux.

Pour aller à la fontaine des Ardoises il falloit quitter les
bords du Tage, et traverser quelques collines couvertes de
bois. Le chien d'Élicio, à qui l'on n'avoit pas permis ce
jour-là de suivre Galatée, étoit resté dans le village. Il vit

revenir quelques bergers, et n'appercevant ni son maître ni sa maîtresse, il partit pour aller au-devant d'eux, et les joignit comme ils entroient dans les bois.

Après avoir été plus d'une fois d'une troupe à l'autre caresser Élicio et Galatée, le chien se met à courir dans la montagne, et fait partir un petit chevreau sauvage qu'il poursuit avec ardeur. Le chevreau fuit, et passe près des bergères ; la peur lui donne des forces : il gagne, sans être atteint, une caverne où il entre en bêlant. Le chien le suit : Galatée pousse des cris pour que l'on sauve le petit chevreau. Tout le monde accourt : on arrive à l'entrée de la caverne. Élicio s'étoit déjà précipité après le chien.

Tircis, Damon, les deux amis, rassuroient en riant les bergères, et s'attendoient à voir paroître l'amant de Galatée portant le chevreau dans ses bras, lorsqu'un bruit affreux se fait entendre dans la caverne ; et l'on en voit sortir Élicio se débattant avec un homme dont l'aspect étoit effrayant. Il étoit couvert de haillons déchirés ; une barbe noire et épaisse lui cachoit la moitié du visage ; ses longs cheveux en désordre flottoient sur ses épaules ; ses bras nus et nerveux pressoient Élicio pour l'étouffer. Le berger, non moins vigoureux, repoussoit de la main gauche la poitrine velue de l'homme sauvage ; et de la droite, entortillée dans les cheveux de son ennemi, il faisoit courber sa tête en arrière. Tous deux en silence, les yeux étincelants et fixés l'un sur

l'autre, les jambes entrelacées, cherchoient mutuellement
à se terrasser.

Le chien d'Élicio n'avoit pas quitté son maître, et faisoit
des efforts pour le secourir : mais une chèvre sauvage
l'occupoit assez lui-même. Attentive à ne jamais prêter le
flanc, elle le poussoit devant elle en le menaçant de ses
cornes , tandis que le chevreau rassuré bondissoit derrière
sa mère, et sembloit braver celui qu'il avoit craint.

Tircis , Damon, et les deux amis, se précipitent pour
séparer les combattants. Timbrio se saisit du sauvage; il a
besoin de toute sa force pour le contenir : mais Téolinde
est évanouie, et tout le monde vole à son secours. L'homme
sauvage jette les yeux sur elle ; il demeure immobile en
fixant ce visage pâle : bientôt, se dégageant des bras de
Timbrio, il saisit le chevreau, cause innocente de tant d'ac-
cidents , tombe à genoux devant Téolinde , et le lui présente d'un air soumis. A peine la bergère a-t-elle repris ses
sens qu'elle s'élance au cou du sauvage : Ah! c'est toi,
s'écrie-t-elle, Artidore, mon cher Artidore! tu n'as donc
pas oublié Téolinde... Au nom de Téolinde , Artidore
change de couleur : il se relève; et regardant la bergère
d'un air égaré : Téolinde! dit-il : elle m'a trompée; je m'en
souviens bien : est-elle ici? la connoissez-vous? Oui, lui
répond la bergère d'une voix tremblante ; elle est ici ; elle
ne vit que pour toi. Écoutez, interrompt Artidore en lui

parlant à voix basse, il faut que vous me conduisiez vers
elle; je veux lui reprocher sa perfidie, lui dire que je ne
l'aime plus: ensuite nous reviendrons ensemble habiter ma
caverne; vous serez ma bonne amie, et je vous donnerai
mon chevreau.

Téolinde, à ce discours, vit bien que la douleur avoit
égaré la raison du malheureux Artidore: elle le regarde,
pleure; et lui serrant la main avec tendresse: Je le veux bien,
dit-elle; je ne te quitterai plus; je suis avec toi jusqu'au
dernier jour de ma vie: j'espère te prouver que Téolinde
ne fut pas coupable. En disant ces mots, elle prend le bras
d'Artidore, et l'entraîne avec elle dans la route qui condui-
soit à la fontaine. La chèvre et le chevreau les suivent; le
reste des bergers marche à quelque distance, impatient de
voir la fin de cette aventure.

Pendant le chemin, Téolinde fait ses efforts pour mé-
nager une reconnoissance qu'elle craignoit et souhaitoit.
Attentive à ne rien dire qui puisse déplaire à son amant,
elle parle avec précaution d'elle-même, rappelle doucement
leurs amours, raconte l'histoire de sa sœur jumelle, et
tous les chagrins qu'elle lui causa; elle observe l'effet de
chaque parole sur le visage d'Artidore, suit pas-à-pas les
progrès qu'elle fait faire à sa raison, et emploie toute l'a-
dresse de son esprit pour ramener le cœur de son amant.
Artidore l'écoute, comme un homme qui sort d'un long
sommeil;

sommeil ; il répond juste à quelques questions , il fait répéter
les autres : peu-à-peu sa mémoire, ses idées reviennent.
L'amour lui avoit ôté la raison, l'amour devoit la lui rendre.
Il s'arrête, il considère Téolinde, la reconnoît, tombe à
ses pieds, la serre dans ses bras ; et ses larmes prouvent à
la bergère que son amant n'est plus insensé.

Ils étoient arrivés à la fontaine, où tout le monde les
joignit. Florise et Galatée avoient raconté pendant le chemin
ce qu'elles savoient des amours d'Artidore et de Téolinde.
Après avoir félicité cette bergère , on la pria d'engager son
amant à reprendre le récit de ses aventures au moment où
la sœur jumelle l'avoit si cruellement trompé. Artidore y
consentit ; et, quoiqu'un peu honteux de l'état où il se
trouvoit, il continua ainsi son histoire :

Les discours de la fausse Téolinde m'avoient jetté dans
un désespoir mortel. Je résolus de fuir à jamais celle que je
croyois perfide. Je voulus cependant lui dire encore que je
l'aimois, et je gravai mes adieux sur un peuplier. Je ne
me souviens plus de ce que j'écrivis. Depuis ce moment ma
foible raison s'aliéna ; j'errai sans but dans la campagne,
et je fus quatre jours sans prendre de nourriture. Cette
abstinence acheva de troubler ma tête : je ne me rappelle
que confusément ce que je devins ; deux seules choses
sont restées dans ma mémoire.

P

Je descendois une petite colline qui ne doit pas être loin d'ici; tout-à-coup j'entends du bruit dans les broussailles, et j'apperçois ce petit chevreau, que voilà couché près de moi, fuyant pour éviter un loup furieux qui le poursuivoit la gueule béante. Mon premier mouvement fut de me jetter sur le loup : je n'avois point d'armes. Obligé de lutter avec le féroce animal, nous roulons ensemble sur la poussière. L'égarement de ma raison ajoutoit sans doute à mes forces en m'empêchant de voir le danger : j'étouffai le loup dans mes bras ; et, sans regarder si le chevreau me suivoit, je poursuivis ma route jusqu'à la caverne où vous m'avez trouvé.

Son obscurité, son éloignement de toute habitation, me la firent choisir pour mon tombeau. Je pénètre dans l'intérieur ; je vais m'asseoir sur une pierre : et là, me rappellant la perfidie de Téolinde, ma raison revint un moment pour me faire sentir tous mes maux. Résolu de ne plus sortir de cette caverne, je roule une grosse pierre pour en fermer l'entrée. Emprisonné dans ma tombe, j'en ressens une affreuse joie ; je m'étends sur la terre, avec l'espérance de ne plus me relever.

J'étois dans ce calme du désespoir, ne craignant ni ne desirant que mon supplice fût long, lorsqu'un bêlement plaintif vient frapper mon oreille : j'écoute, je l'entends encore ; il sembloit venir de l'entrée de la caverne. Malgré moi je suis ému; je me lève, j'y cours, et j'apperçois le petit chevreau que j'avois sauvé, qui passoit son nez blanc entre la pierre et le rocher, et me demandoit de lui ouvrir.

Mes yeux se mouillèrent : je repoussai la pierre avec précaution. Dès que l'ouverture fut assez large, le chevreau entra, suivi d'une chèvre : elle étoit blessée, et son sang couloit. A peine arrivée, elle se couche à mes pieds, soulève sa tête et la laisse retomber, en haletant de fatigue et de douleur : le petit chevreau tourne autour de moi, bêle douloureusement, va lécher la plaie de sa mère, et revient me caresser, comme pour me prier d'en prendre soin.

J'examinai la blessure; je reconnus la dent du loup. Sur-le-champ je vais chercher de l'eau, je lave la plaie, j'étanche le sang, et j'y fais tenir un appareil avec des morceaux de mes vêtements. Après cette opération la chèvre me regarde avec tendresse, se renverse doucement, me tend ses mamelles pleines de lait, et semble m'inviter à partager la nourriture de l'enfant que je lui avois rendu.

Toutes les consolations humaines n'auroient pu m'empêcher de mourir; cette chèvre et ce chevreau m'attachèrent à la vie. Résolu de passer mes jours avec eux, j'allai chercher une provision d'herbes et de fruits, et j'arrangeai la caverne de manière qu'elle fût commode pour nous trois. Le lendemain je pansai de nouveau la plaie ; au bout de quatre jours elle étoit guérie : et la chèvre sortoit, quelquefois seule, quelquefois avec son chevreau, qui nous suivoit également tous deux. J'errois de mon côté dans les montagnes voisines de ma caverne : tous les soirs nous nous retrouvions. Quand j'avois rencontré dans mes courses du serpolet ou du cytise, j'en apportois à ma compagne ; elle le mangeoit dans ma main : je mangeois mes fruits, et le petit chevreau tettoit. Après notre repas, j'allois fermer avec la pierre l'entrée de notre demeure, et, couchés sur la mousse et les feuilles sèches, nous nous livrions au sommeil.

Aujourd'hui la chaleur du jour avoit empéché la chèvre et moi-même de sortir de notre caverne ; le petit chevreau avoit long-tems sautillé près de l'entrée : je l'y croyois encore, quand je l'ai vu revenir tout tremblant et poursuivi par un chien. Bientôt après un homme a paru. J'avoue qu'à cet aspect je n'ai pas été maître de ma fureur : je me suis élancé sur lui avec le projet de l'étouffer, tant j'étois indigné qu'un homme vînt me ravir les seuls amis qui me restoient. Vous avez été les témoins de mon combat et de son heureuse fin. C'est aujourd'hui le plus beau jour de ma vie : j'ai retrouvé ma Téolinde, je sens revenir ma raison. Je vais passer ma vie avec celle que j'ai toujours adorée, et ma chèvre et mon chevreau ne me quitteront

pas. En disant ces mots il les caressoit d'une main, et
tendoit l'autre à Téolinde.

Le récit d'Artidore avoit attendri tout le monde ; on
le remercia les larmes aux yeux. Il pria tout bas Élicio
de lui donner les moyens de couper sa longue barbe,
et de prendre un autre habit. Venez avec moi, lui dit
le berger, j'ai dans ma cabane tout ce qui vous est
nécessaire. Allez, ajouta Timbrio, nous vous attendrons
ici ; et, pendant votre absence, je préparerai ce que je
dois dire au père de... Il s'arrêta ; Galatée rougit. Artidore
partit avec Élicio : Téolinde lui recommanda de n'être pas
long-tems ; et la chèvre et le chevreau le suivirent.

Galatée avoit entendu que Timbrio vouloit se consulter
pour aller parler à son père : elle comprit que sa présence
le géneroit : et feignant d'être obligée de retourner à sa
maison, elle prit congé de Blanche, de Nisida, de Téolinde,
et gagna le village seule avec sa chère Florise.

Elles en étoient peu éloignées lorsque quatre hommes,
sortis de derrière une haie, saisissent les deux bergères,
les empêchent avec des mouchoirs de jeter des cris, et
les forcent de monter sur deux mules qu'ils tenoient là
toutes prêtes. Galatée et Florise obéissent en tremblant :
les quatre ravisseurs montent à cheval, placent au milieu
d'eux les mules, et fuient au grand galop vers la fron-
tière de Castille.

Ces ravisseurs étoient les quatre Portugais arrivés dans la maison de Mœris depuis deux jours. Ils s'étoient apperçus du froid accueil de tout le village : la manière dont Élicio les avoit regardés pendant le souper, et les coups-d'œil qu'il jettoit sur Galatée, leur avoient fait soupçonner la vérité. Le retard demandé par Mœris pour aller à la vallée des tombeaux, le refus des habitants de les laisser venir à cette vallée, leur avoient semblé un prétexte et une insulte. Ils craignirent de retourner sans Galatée, et se décidèrent à un enlèvement qui devoit leur être pardonné quand la fille de Mœris auroit épousé leur maître. Tout leur avoit réussi ; ils fuyoient avec leur proie : mais l'Amour veilloit sur Galatée.

Artidore, après avoir pris des habits dans la cabane d'Élicio, revenoit avec lui à la fontaine : ils voient de loin les quatre cavaliers, et reconnoissent les bergères. Élicio jette un cri, et vole à sa maîtresse. De ses deux mains il arrête les mules : un Portugais lève le bras pour le percer d'un pieu ferré : Artidore étoit accouru, et, d'un coup de bâton, il casse le bras du barbare. Les deux bergères profitent du moment ; elles glissent à terre, et, reconnoissant les lieux, elles courent chercher du secours à la fontaine. Pendant ce tems Élicio avoit ramassé le pieu du blessé ; et se rangeant près d'Artidore, ces deux braves bergers à pied, armés seulement d'un bâton et d'un pieu, font tête aux trois lâches cavaliers qui veulent venger leur compagnon.

Ce combat inégal se soutient; mais le courage alloit céder à la force. Élicio, blessé au bras, ne peut plus se défendre, quand Timbrio, l'épée à la main, tombe comme la foudre sur les Portugais. Du premier coup il fait voler la tête de celui qui pressoit le plus Élicio. Tircis, Damon, Fabian, arrivent; et les deux ennemis qui restoient prennent la fuite à toute bride.

La blessure d'Élicio n'étoit pas dangereuse; mais il perdoit beaucoup de sang. Galatée en est alarmée; elle l'étanche avec son mouchoir; elle panse elle-même la plaie : cet appareil seul devoit guérir Élicio. On le ramène au village, le bras en écharpe; Galatée le soutient dans sa marche, et cette faveur le paie trop du danger qu'il vient de courir.

On arrive chez Mœris : le vieillard, indigné de l'attentat des Portugais, déclare qu'il se croit dégagé de sa parole. Voilà, lui dit Timbrio en lui présentant le blessé, voilà le libérateur de votre fille : Élicio mérite de posséder celle qu'il a sauvée. Sa pauvreté seule a pu vous faire balancer; mais je suis riche, et je veux...

Comme il disoit ces mots, on entend un grand bruit à la porte de la maison : on regarde; on voit entrer dans la cour un bélier superbe, orné de rubans, et peint de différentes couleurs. Son énorme sonnette se distinguoit parmi celles de cent brebis qui le suivoient, chacune avec son

agneau. Érastre venoit après elles ; deux chiens l'accompa-
gnoient. Il entre, laisse à ses chiens la garde du beau
troupeau, et, la houlette à la main, il vient parler au père
de Galatée.

Mœris, lui dit-il, j'étois amoureux de ta fille, et je pouvois la disputer au Portugais à qui tu la donnes. Mais je
me rends justice ; ni ce Portugais ni moi ne méritons
Galatée : le seul Élicio est digne d'elle. Tu peux en croire
cet aveu de la bouche de son rival. Tu exiges que ton
gendre soit riche : regarde ce beau troupeau, qui vaut seul
un héritage ; il est à Élicio. Ce n'est pas moi qui le lui donne ;
je n'ai fait que parcourir les hameaux voisins : Élicio a tant
d'amis, que chacun d'eux ne lui donnant qu'un agneau
avec sa mère, en deux jours j'ai formé ce troupeau.

Il n'avoit pas fini de parler, qu'Élicio le baignoit de ses
pleurs. Ah ! mon ami, lui dit-il, quel que soit mon sort,
ton amitié le rend digne d'envie : je n'ose espérer Galatée ;
mais... Elle est à toi, s'écria Mœris les larmes aux yeux :
viens, ma fille, je te donne à ton libérateur ; viens embrasser
ton époux. Galatée, vermeille comme la rose, approche,
et craint d'avancer trop vîte : Élicio étoit à genoux, et lui
tendoit avec respect le seul bras qu'il avoit de libre. Galatée
le regarde, s'arrête, baisse les yeux, et devient plus
vermeille encore. Son père, qui jouit de ce tendre embarras,
la prend par la main, la conduit à son heureux époux : là,

il

il fallut encore qu'il la forçât d'approcher son visage du sien ; et ce baiser fut le premier que Galatée eût reçu dans toute sa vie.

Alors on raconte à Érastre l'enlèvement de Galatée et de Florise. Timbrio vient à lui : Berger, dit-il, vous m'avez ravi le plus beau moment de ma vie : je voulois partager mon bien avec Élicio, pour lui faire épouser Galatée ; vous m'avez prévenu. Vous ne l'aimez pourtant pas plus que moi, mais vous l'aimez depuis plus long-tems ; il est juste que vous soyez préféré. J'espère du moins, ajouta-t-il en élevant la voix, que l'on me permettra d'accomplir un autre dessein. Je veux faire quatre parts de ma fortune : la première doit appartenir à mon ami Fabian ; j'offrirai la seconde à Téolinde et Artidore, pour les engager à se fixer ici ; la troisième sera partagée par les mains de Salvador aux pauvres de ce village ; et de la quatrième on achetera une maison, des champs et un troupeau pour Nisida et pour moi. Oui, mes bons amis, je serai berger ; je finirai mes jours avec vous, avec Fabian : nos cabanes seront voisines, nos ménages seront unis, nous deviendrons l'exemple du village ; et nous vieillirons tous ensemble dans la paix, la joie et l'amour.

Tout le monde remercia Timbrio : Artidore et Téolinde l'embrassèrent. Mœris voulut que ce soir même tous les contrats fussent rédigés. Il court répandre dans le village

Q

la nouvelle de tant d'heureux événements, et raméne avec lui l'alcade et le vénérable Salvador.

Les contrats furent bientôt faits. L'on convint que dès le lendemain Timbrio renverroit toute sa suite à Tolède , avec un homme de confiance qui donneroit de ses nouvelles aux parents de Nisida, et rapporteroit en argent comptant la fortune de son maître. Pendant ce voyage, Mœris devoit acheter les troupeaux et les fermes des nouveaux bergers ; et, en attendant que tout fût prêt, Timbrio et Fabian, avec leurs épouses, devoient demeurer chez Mœris, et Téolinde et Artidore chez Érastre.

Il ne restoit plus qu'à fixer le jour des quatre mariages. Élicio, malgré sa blessure, décida que ce seroit le lendemain. Le sage Salvador ne put obtenir de lui qu'il différât; et les autres époux, sans le dire, étoient de l'avis d'Élicio.

On se mit à table ; chaque amant fut placé près de sa maîtresse. Après le repas, on alla s'asseoir au jardin : là, sous une belle treille, au clair de la lune, et sur des siéges de gazon, l'on voulut finir par des chants cette heureuse journée. L'un prend sa flûte, l'autre sa musette : on fait un cercle, au milieu duquel sont placés Mœris et Salvador; et les amants chantent ces paroles :

T I M B R I O.

Je méprisois cette foule importune

De mortels dignes de pitié,
Qui laissent le repos, l'amour et l'amitié,
   Pour courir après la fortune.
   Aujourd'hui mon cœur leur pardonne,
   Et n'a plus de mépris pour eux :
   Je sens que l'argent rend heureux;
   Mais c'est au moment qu'on le donne.

BLANCHE.

   Long-tems j'ai douté de ta foi,
   Sans rien perdre de ma tendresse;
   Un jour de plus passé sans toi,
   J'allois mourir de ma tristesse.
J'ai retrouvé l'objet cher à mon cœur;
L'amour et l'amitié me fixent au village :
   Pour rendre grace au ciel de mon bonheur,
   J'irai souvent à l'hermitage.

ARTIDORE.

   J'ai cru ma bergère capable
   De la plus noire trahison.
   Et la perte de ma raison
   Punit un soupçon trop coupable.
   Je revois celle que j'adore,
   Je sens ma raison revenir :
   Ah! ce n'est pas pour en jouir;
   L'amour va me l'ôter encore.

GALATÉE.

Te souviens-tu de ce beau jour
Où, d'un air si doux et si tendre,
Tu vins me supplier d'entendre
L'aveu de ton fidèle amour?
Je t'écoutois, toute honteuse;
Mais le plaisir faisoit battre mon cœur :
Tu me demandois ton bonheur,
Et c'étoit moi que tu rendois heureuse.

ÉLICIO.

L'amitié suffisoit pour embellir ma vie,
Et l'amour seul auroit fait mon bonheur :
J'obtiens tout; je possède une amante chérie,
Et mon ami devient mon bienfaiteur.
Hélas! comment pourrois-je dire
Les sentiments que j'éprouve en ce jour?
Heureux par l'amitié, couronné par l'amour,
Mon pauvre cœur n'y peut suffire.

Il étoit tems de se retirer. Blanche, Nisida et Téolinde
restèrent chez Galatée. Timbrio, Fabian et Élicio allèrent
coucher dans la maison de Salvador. Le lendemain, avant
l'aurore, les quatre amants frappoient à la porte de Mœris.
Timbrio et Fabian portoient déjà la panetière et la houlette.
Tous les habitants, instruits dès la veille, avoient préparé

pendant la nuit des fêtes plus belles que celles de Daranio. On attendit quelque tems, parce que le bon Mœris dormoit encore; mais il parut bientôt, suivi de sa fille, de Téolinde, et des deux sœurs habillées en bergères. Le bon Érastre donna la main à Galatée, et la conduisit au temple au milieu des acclamations. Salvador unit les quatre amants, et le ciel bénit leurs mariages. Tous leurs projets s'exécutèrent ; ils furent heureux , vécurent long-tems, et s'aimèrent toujours. Leur mémoire est encore honorée dans le beau pays qu'ils habitoient.

F I N.

www.ingramcontent.com/pod-product-compliance
Lightning Source LLC
Chambersburg PA
CBHW070801280626
47162CB00016B/1576